广东石油化工学院资助

丰草湛露集

——怀璞子诗词三百首

李创国 / 著

中国书籍出版社
China Book Press

图书在版编目（CIP）数据

丰草湛露集：怀璞子诗词三百首 / 李创国著. --北京：中国书籍出版社，2023.11
　　ISBN 978-7-5068-9621-4

　　Ⅰ.①丰… Ⅱ.①李… Ⅲ.①诗词—作品集—中国—当代 Ⅳ.①I227

中国国家版本馆CIP数据核字(2023)第201777号

丰草湛露集：怀璞子诗词三百首

李创国　著

责任编辑	吴化强
责任印制	孙马飞　马　芝
封面设计	东方美迪
出版发行	中国书籍出版社
地　　址	北京市丰台区三路居路 97 号（邮编：100073）
电　　话	（010）52257143（总编室）　（010）52257140（发行部）
电子邮箱	eo@chinabp.com.cn
经　　销	全国新华书店
印　　刷	三河市富华印刷包装有限公司
开　　本	880毫米×1230毫米　1/32
字　　数	150千字
印　　张	8.75
版　　次	2023 年 11 月第 1 版　2023 年 11 月第 1 次印刷
书　　号	ISBN 978-7-5068-9621-4
定　　价	50.00元

版权所有　翻印必究

自　序

　　我本农家子,与父辈来往者皆为白丁。我小学才始认字,更不知诗词歌赋为何物,与古典诗歌初次邂逅是在小学五年级。语文课本里有一首杜牧的七言绝句《山行》。语文老师郑仕庆是位老牌师范生,教这首诗时非常投入,讲解后随即朗诵,接着高声吟哦。我深受感染,如亲临其境,看到漫山红叶,红日西沉,白云缭绕,石径横斜,草屋炊烟,好一幅山村秋景图。最后,老师还简单介绍了七言绝句的平仄韵律。因为非常感兴趣,我当时就把这首诗背诵下来,而且牢记了七绝的平仄韵律。这堂课是引领我进入诗国的明灯。

初中一年级时，才真正与古典诗歌结下不解之缘。语文课本里有李白的《早发白帝城》《望天门山》《送孟浩然之广陵》和杜甫的《春夜喜雨》等优美诗篇。语文老师谭文炘是古典诗词的行家里手。他教这几首诗时声情并茂，眉飞色舞，手舞足蹈，像个入戏很深的演员一样，使我仿佛看到轻舟逐浪，天际归帆；听到夹岸猿啼，湍流击石；感觉到春雨的滋润，农家的喜悦。他刚讲完课，就问有谁可以背诵。我应声而将其背诵出来。谭老师大喜，随后借给我一本唐诗小册子（已忘其名），他还对我说："熟读唐诗三百首，不会作诗也会'偷'。"我用了一个多星期将那本小册子的诗背诵下来，感觉心灵得到了陶冶和升华。

1966年是个特殊时期，我初中刚毕业，被迫回乡务农，跟乡亲们日出而作，日落而息。谈"武斗"而色变，听枪声而心惊，惶

自 序

惶恐恐，浑浑噩噩，恨光阴虚度，叹意气消磨。

1968年，我到博贺公社一小岛——罾寮村当民办教师。有幸向朋友借了《唐诗一百首》《宋诗一百首》《宋词一百首》，连注释一起抄了下来，不久全部可背诵，于是开始模仿创作诗歌。1970年，到尖岗村当民办教师，开始创作七律诗歌，至今还保留了数首。1977年12月恢复高考，1978年初入读雷州师专英语系。在此期间，创作了一些诗歌，诗艺渐熟，有几首七律在学校黑板报刊出，其中三首被收入2018年巴晓芳、张海鸥主编的《春风吹过四十年——1977级大学生诗词选》。1984—1986年在广东教育学院读书期间也创作了一些诗篇。回到茂名教育学院工作后，由于教学和科研任务繁重，还要挤时间搞翻译，诗歌创作只好暂停下来。

原想退休后专门赋诗为乐，而2005年4月，我的恩师谭文炘在易箦之际嘱咐我接力完成其费了二十余年心血的《电白黎语辞典》。谭老师仙逝后，我觉责任重大，且知道自己的汉语功底薄，于是系统地阅读大量的汉语语言文字类的古籍，然后才开始编撰辞典。花了18年的时间，终于告竣。今年一月《电白黎语辞典》由广东人民出版社出版发行。辞典1480页，共150万字，可以称为电白的小百科全书。中国社会科学院语言研究所对辞典的评价为："辞典搜集记录大量电白黎语语料，考溯字词渊源，尤其是关于电白民间的家庭劳作、田园农耕、风俗习惯、宗教信仰、历史典故、传统礼仪、民歌、谚语、歇后语等的详细记录，对于保存和传承地方方言和文化以及闽南方言词汇的比较研究具有重要的学术和文化价值。"

  编撰辞典，对诗歌的学习和提高也有很大的帮助。通过对电白黎语语音的研究，很好地掌握了古诗韵读的奥妙。

自　序

在诗国里，中山大学钟东教授是我的伯乐。我的诗词一直默默无闻。2014年，电白一中百年校庆征文，我投了《悼谭文炘老师》和《电白一中百年校庆感怀》二首诗，但却石沉大海。2015年，我用文言文写了一篇《电白红花李氏族谱序》，托朋友林全文教授（中山大学数学系硕士研究生）转给他的导师贾教授，请其帮忙找中文名教授斧正。贾教授随即转给钟东教授。钟教授对拙作高度赞赏，于是，我信心倍增。开始陆续向《中华诗词》《中华辞赋》《诗刊》《诗词中国》《诗词月刊》《当代诗词》《琼苑》《历山诗苑》《浙江诗词》等权威刊物投稿。也可能是厚积薄发的缘故，已在上述刊物发表了一百多首诗歌和七篇辞赋。2021年，中华诗词学会决定出版纪念中国共产党成立一百周年的《百年史诗》。根据中央党校给出的三百多个革命历史题材，给全国一百多位诗人分配任务，每人两首，要求五天交卷。我忝在其列，并按时完成任务。后来，书名经过充分考虑，最后改为《百年诗颂》。2022年，《中华诗词》杂志社从1994年（创刊）到2022年所发表的山水田园诗中选出三百首结集出版，我也有一首选入其中。

现听从儿女的建议，将大部分诗词作品结集出版，借《诗经》里的文字，名为《丰草湛露集》。全书共辑录诗词305首，其中有些是即席而就的，有些是反复修改的，如《七七级女大学生》竟历时40年才定稿。1978年的初稿为"独读寒灯下，支颐有所思。非因郎薄幸，此夜又闻鸡"。有个朋友说不合平水韵（以前尚不知平水韵），后改为"苦读寒灯下，闻鸡暗蹙眉。良人应不寐，欹枕数归期"。又一朋友说"良人"太陈腐了。最后改为"苦读寒灯下，闻鸡暗蹙眉。娇儿应未醒，梦里问归期"。此诗从青年到白头

自　序

才定稿，何止"吟安一个字，捻断数茎须"！

我从 2009 年退休到现在，做了两件大事，出版了《电白黎语辞典》和即将出版《丰草湛露集》。这是我所付出努力的收获和回报。回首往事，"不因虚度年华而悔恨，也不因碌碌无为而羞耻"。

李创国

2023 年 5 月 19 日

目录

自　序…………………………………………… 1

一　五言绝句………………………………… 1

到长城…………………………………… 2
送刘自温院长还湘……………………… 2
芦苇……………………………………… 3
春眠……………………………………… 3
春雨致寓京莫鸿飞[①]…………………… 4
秦皇兵马俑……………………………… 5
毕业前夕叶碧霞姐赠《古文观止》……… 5
饭店兼职大学生………………………… 6
云水十咏
　　——和马中奎先生 ………………… 6

· 1 ·

附马中奎先生《云水十咏》原玉……………10
闺中词…………………………………………14
七七级女大学生二首…………………………17
农民工四首……………………………………18
三亚天涯海角…………………………………20
见已故老同学吴丽萍电话号码………………20
午夜为琴声所扰………………………………21
湖光岩…………………………………………22
再游湖光岩—白衣庵…………………………22
张子强故居"云天宫"感赋…………………23
赠邹公继海……………………………………24
自题小像………………………………………25
花园口…………………………………………25

二　七言绝句……………………………………27
风雨中友人送米………………………………28
圣诞感怀………………………………………29
始皇陵怀古二首………………………………29

威海刘公岛……………………………… 30

王昭君…………………………………… 31

阳春凌霄岩……………………………… 31

阳江南海一号博物馆…………………… 32

访净业寺高僧不遇……………………… 32

夜游桂林两江四湖……………………… 33

杨贵妃二首……………………………… 33

咏蝴蝶…………………………………… 34

咏画眉鸟………………………………… 35

忆梦……………………………………… 35

游湖光岩………………………………… 36

游明定陵………………………………… 36

四君子咏………………………………… 37

杨利伟登天……………………………… 38

嫦娥一号绕月成功……………………… 39

赠黄联安先生（向洲之父）…………… 39

赠薛祝才兄……………………………… 40

庚子迎春

  ——和邹公继海 ·················· 40

附邹公继海原玉《庚子迎春》············ 41

听春

  ——和薛祝才兄 ·················· 41

附薛祝才兄原玉《听春》··············· 42

珠江漫步 ····························· 42

记梦 ································ 43

井冈山火车道中二首 ··················· 44

井冈山会师 ··························· 45

井冈山黄洋界 ························· 45

井冈山杜鹃花 ························· 46

登赣州郁孤台 ························· 46

上杭临江楼 ··························· 47

赣州蒋经国故居 ······················· 47

貂蝉 ································ 48

甘露寺怀古 ··························· 48

垓下吟 ······························ 49

目录

富妇吟…………………………………… 49

凤凰花…………………………………… 50

登大明湖超然楼………………………… 50

民办教师第一课………………………… 51

大学教师最后一课……………………… 51

大明湖…………………………………… 52

赤壁怀古三首…………………………… 52

孙权……………………………………… 53

周瑜……………………………………… 54

关公……………………………………… 54

车年审…………………………………… 55

谒上海师大乔俬教授二首……………… 55

怀念温桑先生…………………………… 56

办护照…………………………………… 57

趵突泉…………………………………… 57

春苑公园之晨二首……………………… 58

崔永元揭戏子有感二首………………… 59

西施……………………………………… 60

题扇	60
贪官吟	61
观电影越剧《红楼梦》	61
杭州西湖	62
山东蓬莱阁	62
蓬莱三仙山	63
蓬莱田横山怀古	63
定远舰	64
妲己	64
项羽	65
老园丁	65
考驾照	66
落花	66
楼顶榕树	67
井冈山火车上赠杨紫华兄	67
端午有怀	68
刘备	68
天伦之乐篇	69

送安德鲁先生归国……………………………… 71
佩氏窜台感赋二首………………………………… 72
龙门石窟………………………………………… 73
临高王佐纪念馆………………………………… 73
偶咏……………………………………………… 74
偶逢纪念馆闭馆………………………………… 74
七夕有怀………………………………………… 75
七夕……………………………………………… 75
辛丑七夕应节大雨降不断有感
　　——和邹公继海 ………………………… 76
附邹公继海原玉《辛丑七夕应节大雨降不断有感》……………………………………………… 76
辛丑中秋偶感
　　——和邹公继海 ………………………… 77
附邹公继海原玉《辛丑中秋偶感》……… 77
电白一中初三班毕业茶会即席赋诗二首… 78
看电影《屈原》有感，口占一绝……………… 79
回环诗四首……………………………………… 79

自勉 ·· 81

秦皇入海求仙处抒怀 ··· 81

观海 ·· 82

秋思（回文诗） ··· 82

闻曲阜恢复祭孔有感 ··· 83

大树篇呈陈院长政绍公 ·· 83

游湖 ·· 84

伤别 ·· 84

三　五言律诗 ·· 85

春节苦滞广州 ··· 86

咏诸葛武侯 ··· 86

海南之旅 ·· 87

江南春 ··· 88

漓江秋日行舟 ··· 89

泰山松 ··· 89

大学生村官 ··· 90

梦老班长康和平同学 ··· 90

伤黄振聪同学……………………………… 91
惊接林江老师讣告………………………… 91
见陈涛同学遗照…………………………… 92
游青岛八大关……………………………… 92
重九与友赏菊……………………………… 93
偶过山村…………………………………… 93
访海南儋州东坡书院……………………… 94
春节感怀…………………………………… 94
登华山咏沉香救母………………………… 95
乘武广高铁"和谐号"早发广州二首…… 96
除夕夜出河西汽车站……………………… 97
北海之晨…………………………………… 98
秋夜抚琴兼寄族叔日大…………………… 99

四 七言律诗………………………………… 101
悼谭文炘老师[①]………………………… 102
登泰山……………………………………… 103
山海关怀古………………………………… 104

开封包公祠……………………………………… 104

探视住院严少华老师…………………………… 105

春雷喜雨………………………………………… 106

步鲁迅《自嘲》原韵寄欧老师………………… 106

获奖作品三首…………………………………… 108

海南临高访王贵荣同学………………………… 110

《诗话罗平》作品一首

　　——大美罗平赞 …………………………… 111

《春风吹过四十年》作品三首………………… 112

《百年诗颂》作品二首………………………… 113

参观广州中山纪念堂有感……………………… 116

广州菜市场……………………………………… 116

广州公共厕所…………………………………… 117

广州越秀公园…………………………………… 117

小蛮腰（广州电视塔）① ……………………… 118

黄埔军校旧址…………………………………… 119

水东湾大桥晚望抒怀二首……………………… 119

读台山诗人程坚甫①诗词感赋五首 …………… 121

村居四首	124
悼王贵荣同学二首	126
沈阳大帅府抒怀	127
悼严少华老师	127
悼张志新	128
登尖岗亭	128
《电白黎语辞典》付梓感赋	129
电白一中百年校庆感赋	130
钓鱼岛二首	131
虎头山逍遥宫 ——和李祝群	132
附李祝群原玉	133
咏公安三袁	133
咏谷俊山	134
广州大学城	135
赠李兄贺城	135
访根子柏桥	136
哭汶川	137

看社戏粤剧《西厢记》……………………… 138

退休感怀二首………………………………… 139

九一八纪念馆感赋…………………………… 140

黄鹤楼………………………………………… 140

和邹公继海《六代会卸任有感》二首… 141

附邹继海原玉《六代会卸任有感》…… 142

朱日和大阅兵………………………………… 142

重阳浮山登高二首…………………………… 143

赠新同学……………………………………… 144

赠倪先生忠奇………………………………… 145

赠林晓娟同学………………………………… 146

与上海师范大学卢大中老师登白云山… 146

游大小莲池…………………………………… 147

游大容山①…………………………………… 147

咏项羽………………………………………… 148

谒孔庙孔府…………………………………… 149

谒孔林………………………………………… 150

阳江鸳鸯湖音乐喷泉………………………… 150

鸭绿江断桥抒怀二首	151
徐才厚败亡感赋	152
闻鸡	152
童年趣事	153
天问一号火星车登陆火星感赋	154
松花江抒怀	154
金田村怀古	155
水与健康之感悟	156
十九大感怀	157
沈阳故宫	157
秦皇岛金秋笔会感怀	158
古人春寒夜宴图	158
开封东湖抒怀	159
游井冈山龙潭	159
登滕王阁	160
《豆腐脑》诗	
——和幼瞻	161
附：幼瞻《豆腐脑》原玉	161

六十喜得孙……………………………… 162
和陈炳文月桂墓回文诗………………… 162
附陈炳文原诗…………………………… 163
高州观山寺（回文诗）………………… 165
附：高州观山寺古回文诗……………… 166
旅途答紫华杨兄………………………… 167
赠王贵荣同学…………………………… 167
广州海珠桥……………………………… 168
悼学长杨义教授………………………… 168

五　古风……………………………… 171
祭母文…………………………………… 172
忠烈侯黄十九[①]公赞 ………………… 178
化州橘红赋……………………………… 184
邓伟昭君馨泽苑题壁…………………… 188
大海歌…………………………………… 189
悼乔伲老师……………………………… 190
鱼肆行…………………………………… 191

游居庸关…………………………………… 191
阳江孔雀石馆……………………………… 192
青岛德国总督府…………………………… 193
闻乔偲教授有疾…………………………… 194
冼太夫人赞………………………………… 195
梦谒袁宏道………………………………… 196
春节南方大雪……………………………… 197
致乔偲教授………………………………… 198
感赋………………………………………… 198
《论持久战》感赋………………………… 199

六　排律……………………………………… 201

悼严少华主任……………………………… 202
致乔偲[①]教授……………………………… 203
陈公系狱感赋……………………………… 204
退休村居乐………………………………… 210
林砺儒[①]赞………………………………… 215
丁颖[①]赞…………………………………… 220

王占鳌[①]赞…………………………………… 225
悼欧珮媛老师…………………………………… 232
崔良楦[①]赞…………………………………… 236

七　词…………………………………………… 243

浣溪沙·雷师英语77级同学阳江聚会　244
西江月·乘缆车登华山………………… 244
西江月·送安德鲁先生返美…………… 245
菩萨蛮·郁孤台怀古…………………… 246
浪淘沙·晓日…………………………… 246
浣溪沙·与王贵荣同学登上杭临江楼… 247
点绛唇·戊子贺春
　　——和李润副院长　………………… 248
附李润副院长原玉《点绛唇·戊子贺春》…
………………………………………… 248

画堂春·己丑年贺春
　　——和李润副院长　………………… 249

附李润副院长原玉《画堂春·己丑年贺春》
………………………………………… 250
临江仙·辛丑年贺春
——和李润副院长 ………………… 250
附李润副院长原玉《临江仙·辛丑年贺春》
………………………………………… 251

一　五言绝句

到长城

大漠消烽燧,长城阅古今。
狂飙天外起,隐隐听龙吟。

送刘自温院长还湘

南粤甫相逢,匆匆归冷水[①]。
火车迟未来,似解离人意。

注:①冷水滩市,湖南省一地级市,与桂林接壤。

芦苇

自许坚如竹，微风却鞠躬。
岂无梁栋志，皆为腹中空。

春眠

嫩寒侵布被，香气入窗纱。
明日小园里，荔枝应着花。

春雨致寓京莫鸿飞[①]

（2003年）

蛙鸣新雨透，蜂聚荔花深[②]。
借问高飞雁，春风到上林？

注：①老友莫生到北京某部办事，居有月余，故作诗询问。②趁荔枝花开，闽浙蜂农皆来茂名，故用"聚"字。

秦皇兵马俑

（1997年）

六国入囊中，秦皇一代雄。
坑前看骏马，犹听夜嘶风。

毕业前夕叶碧霞姐赠《古文观止》

（1986年）

临岐赠宝刀，千里壮行色。
唯恐负诚心，朝朝勤拂拭。

饭店兼职大学生

攀桂蟾宫客,琼筵端玉盘。
富豪无慧眼,总做侍儿看。

云水十咏

——和马中奎先生

(一)轩中醉寄

天边一剪霞,陌上采桑女。
欲赠愧无珠,三江当酒煮。

（二）咏兰有寄

飓风透翠帘，清露滴无语。
楚泽水迢迢，云来峰哪处？

（三）凭栏感花

暗香何寂寂，秋色与谁分？
幸遇陶彭泽，西风独展裙。

（四）溪畔吟秋

秋浦藕先凋，瘦花仍引蝶。
衡阳雁阵来，惊落两三叶。

（五）蝶恋寒花

寒露催蝴蝶，淡然依菊叶。
只为待孤香，岂无知绝劫！

（六）凭轩有寄

披发泛沅湘，美人疏且冷。
猿啼入梦残，清月照孤影。

（七）凭栏有寄

素手抽针急，因惊北雁飞。
今宵人不寐，明日寄新衣。

（八）溪边有忆

江头芦荻白，月落看萤飞。
已寄回文字，雁归人未归。

（九）梦回有寄

鸣虫俱蛰秋，塞雁催归紧。
迢迢江水寒，忽听相思引。

（十）轩中戏作

贪杯陆判官，莫误阴阳事。
死要古人心，生当多识字！

附马中奎先生《云水十咏》原玉

（一）轩中醉寄

杯前落桃花，林下绿衣女。
醉后剪云霞，摘星和月煮。

（二）咏兰有寄

婷婷寒石边，寂寂听莺语。
闲数远山星，梦回云水处。

（三）凭栏感花

临风虽冷艳，奈是近秋分。
为报相知意，霜中尚舞裙。

（四）溪畔吟秋

笛咽断归鸿，霜花犹恋蝶。
孤舟钓叟寒，败荻逐黄叶。

（五）蝶恋寒花

园中三五蝶，款款如黄叶。
纵是冷霜来，因香何计劫！

（六）凭轩有寄

蝉语落梧桐，俗心随月冷。
欲归不得归，徒羡仙山影。

（七）凭栏有寄

不忍秋蛩语，更怜寒蝶飞。
霜风三万里，遥问可添衣？

（八）溪边有忆

柳瘦寒塘寂，萧萧杏叶飞。
去年今夜月，曾伴雁双归。

（九）梦回有寄

梦醒怨衾单，西风窗外紧。
蝶乡恋不归，正抚梅花引。

（十）轩中戏作

梦中逢太白，笑告天官事。
个别重钱权，书多不识字！

闺中词

其一

画眉明镜前,对影相怡悦。
心事付阿谁?皎皎天山雪。

其二

当户卸铅华,凉风侵素袄。
玉容人不知,明月盈怀抱。

其三

流水去悠悠,伊人行日远。
推窗见月圆,又是中秋晚。

其四

黄菊有幽香,山花尤妩媚。
回文虽织成,谁解其中意?

其五

日暮独凭栏,秋风萧瑟起。
长天无片云,归雁过湘水。

其六

寒蛩唧唧鸣,隔篱人语笑。
长河鹊不来,耿耿双星耀。

其七

春去春还来,花开花又落。
愿为牛女星,相见托灵鹊。

其八

雨湿蓼花红,荷凋莲子重。
谷风伤苦心,掩卷难成诵。

七七级女大学生二首

（1978年）

其一

苦读寒灯下，闻鸡暗蹙眉。
娇儿应未醒，梦里问归期。

其二

掩卷月西移，支颐有所思。
伊人应不寐，欹枕数归期。

农民工四首

(一) 听雨

棚屋听秋雨,乡思与日深。
扶犁怜老父,补漏孰堪任?

(二) 发薪

去年因疫急,今岁发薪微。
老父需新药,娇妻怨手机。

（三）七夕

七夕观牛女，离家已两年。
借问云间鹊，何时到厂前？

（四）中秋

碧落净无尘，流光溢汉津。
谁怜今夜月，千里照离人。

（《浙江诗词》刊发）

三亚天涯海角

（2014年）

萝径蓝天石，椰风碧海沙。
坐看云与鸟，不觉日西斜。

见已故老同学吴丽萍电话号码

见码忆知音，斯人何处寻？
泉台无信号，不觉泪沾襟。

一　五言绝句

午夜为琴声所扰

（1979 年）

午夜琴声骤，惊心角羽商。
文君乡梦远，谁解凤求凰？

注：低一年级的同学总在夜里 12 点弹吉他，令人心烦不眠，乃写此小诗贴在其门口，后来改善了。

湖光岩

（1979 年夏）

碧水起微澜，绿苔湿弱湍。
湖光生绝壁，四月风犹寒。

再游湖光岩—白衣庵

（1980 年夏）

仙姬何处去？空余白衣庵。
不闻钟磬响，唯见瑞香残。

张子强故居"云天宫"感赋

云楼高百丈，道是子强居。
佛祖非贪吏，难销索命书。

注：张子强，广西玉林人，香港黑帮头目，杀人勒索，1998年在内地被处极刑。其在玉林建豪宅"云天宫"，占地70多亩，楼高108米，建筑面积一万多平方米，全用名贵木材构成。并听高人指点，供重500吨鎏金大佛，祈其保佑。

赠邹公继海

　　邹公继海原主政高州市,后任职省城。辛丑年元宵节重回高州泗水镇,参观泗水中学。作联曰:泗水文光璨,校园景象新。余感其乡梓之情,乃赋小诗赠之。

当年催豹变,今日喜蛟腾。
东风三万里,古镇骛鲲鹏。

自题小像

索居深巷里,寂寞一寒儒。
唯结书中友,诚知德不孤。

花园口

(2006年)

御寇无良策,决堤诚败谋。
烽烟随水远,遗恨在春秋。

二 七言绝句

风雨中友人送米

僵卧空床独自哀,愁无鱼米亦无柴。
忍饥只为面皮薄,幸得风中好友来。

注:1968年余在罾寮小岛当民办教师,台风带雨,室空无物,忍饥愁卧。日暮有好友冒雨来看我,知我一日未食,乃立即帮我脱困。此乃平生第一首诗,模仿陆游的"僵卧孤村不自哀"句而成。保留原样。

圣诞感怀

（1984 年）

羊城圣诞客思深，烛影阑珊念古今。
唯恐临邛孤月冷，伊人误作白头吟。

始皇陵怀古二首

其一

秦皇妙手铸金瓯，伟烈丰功世少俦。
今日我来凭吊处，昏鸦绕树一荒丘。

其二

六君面缚入咸阳,共轨同文奉始皇。
封禅如能延运祚,楚人未必毁阿房。

威海刘公岛

刘公岛上望瀛洲,甲午硝烟障远眸。
无力回天英杰死,教人到此恨难休。

王昭君

三月毡城未见花,月明乡思弄琵琶。
忽见娇儿旁击节,春风此刻到天涯。

阳春凌霄岩

洞府千寻可避嚣,琼枝玉树拥凌霄。
尘心喜洗清流水,安得相期王子乔?

阳江南海一号博物馆

龙宫苦困一千年，今赖高科复见天。
重利商人何处去？空余宝物展人前。

访净业寺高僧不遇

净业今来惜闭关，高僧不遇叹缘悭。
碑林有幸摩挲久，啼鸟殷勤送客还。

二　七言绝句

夜游桂林两江四湖

平湖秋水静无波，白露横江月色多。
坐看鸳鸯眠柳岸，悠悠云影渡银河。

杨贵妃二首

其一

胡马汹汹破大关，都云祸水是红颜。
三郎若是真君子，安有红绫绝玉环？

其二

舞罢霓裳粉汗香,惊天鼙鼓起渔阳。
可怜艳骨埋坡下,一任行人说短长。

咏蝴蝶

(2009年)

双双蛱蝶舞花间,瘦影相随去复还。
兰蕊时餐唯半饱,岂求金粟积如山?

咏画眉鸟

人羡金笼锦帐帷,个中苦乐有谁知。
时餐玉粒浑无味,安得深林雄绕雌?

忆梦

梦里桃花映面红,醒来萧索听秋风。
多情总被无情笑,抱枕更深忆断鸿。

游湖光岩

（1979 年夏）

楞寺苍苍隐古藤，绿苔时听鸟啼声。
多年俗虑知何去，心与澄波一鉴平。

游明定陵

皇陵翠柏枕孤岑，人气清扬鬼气森。
寂寞泉台无贵贱，但余冷月伴虫吟。

四君子咏

梅

深山夜雪两相偎,嫁与林公不用媒。
世俗奚知君子趣,婚姻总是论钱财。

兰

幽处林间雨露稀,屈原之后孰相知?
牧童艾去饲黄犊,粉蝶依依未忍离。

菊

孑立西风不自哀,沉香亭北尽枯苔。
狂蜂已逐繁华去,幸有寒蛩带露来。

竹

绿发婆娑亦可怜,渔人归棹系江边。
虚怀自识穷通理,莫向春风斗艳妍。

杨利伟登天

神州一跃动风雷,王母瑶台玉扇开。
击楫银河浑小事,敢将明月抱归来。

二　七言绝句

嫦娥一号绕月成功

广寒寂寂不知春，捣药三更只自闻。
忽报汉家来使节，重施脂粉整罗裙。

赠黄联安先生（向洲之父）

（1985年）

卅年风雨一飘萍，偶羡堤边杨柳青。
闻道岐江烟水好，梦魂昨夜入伶仃。

赠薛祝才兄

泰山仰望白云孤,诗国幽兰香更殊。
今日闻君一席语,临岐始觉不踌躇。

庚子迎春

——和邹公继海

昔日营营忆负薪,月光萤火每劳神。
如今虽作忘忧客,犹忆当年馥郁春。

附邹公继海原玉《庚子迎春》

逐梦燃情传火薪,裁诗作对日精神。
七余岁月忙中过,心有光明满眼春。

听春

——和薛祝才兄

莫叹时来百业空,巫山难阻大江东。
花香入牖知春在,暖枕潮声入梦中。

附薛祝才兄原玉
《听春》

莫道小城天籁空,红梅早已闹园东。
重门虽闭芸窗在,时有莺声落盏中。

珠江漫步

2014年农历九月十四日晚,信步珠江南岸。秋气清肃,月涌江流,华灯交辉,游船穿梭,虹桥高悬,乃久坐榕堤石凳之上,口占一绝。

二　七言绝句

游船疑是画中行，灯月交辉不夜城。
久坐榕堤凉满袖，滔滔江水去无声。

记梦

痴心岂敢诵高唐，古井深宵冷月光。
底事峡云来出岫，飘飘缈缈断人肠。

聊借尼庵结爱巢，凤凰比翼白云高。
虽无钟鼓乐宾客，却有红星耀战袍。

井冈山火车道中二首

其一

火车体势矫如龙,穿过群山千万重。
忽见眼前春意荡,撩人油菜正花浓。

其二

竹林郁郁绿无边,远近高低到眼前。
休笑农人轻墨客,只挑新笋上琼筵。

二　七言绝句

井冈山会师

风云际会启新篇，八一军旗色更鲜。
城市繁华难驻马，穷乡一片好分田。

井冈山黄洋界

千仞扶藜陟碧峰，黄洋界上雾濛濛。
碑头一阕西江月，战火旌旗入眼中。

井冈山杜鹃花

如霞似火映山中,疑是当年碧血红。
遍觅群芳皆不见,杜鹃独自笑东风。

登赣州郁孤台

踵武先贤上此台,鹧鸪声里独徘徊。
千年风雨历经眼,万古江涛天际来。

二　七言绝句

上杭临江楼

秋水泠泠菊正黄,江楼来觅旧词章。
凭栏送目风云涌,一点初心未敢忘。

赣州蒋经国故居

青砖灰瓦绿阴中,道是当年太子宫。
入眼殊无朱紫气,穿堂唯觉淡清风。

貂蝉

虎牢关下靡旌旗，十八诸侯俱退师。
弱女偏能纾国难，可怜羞煞众须眉。

甘露寺怀古

周郎妙计世称奇，叵耐南阳意早知。
公主原非越浣女，香巢那得锁狻猊？

垓下吟

呜呜一曲洞箫声,吹散江东子弟兵。
天下纵横无敌手,奈何弱质一书生。

富妇吟

锦绣春闺懒画眉,浮沉心事有谁知?
卷帘欲语江头月,忽见鸳鸯雄拥雌。

凤凰花

四月凤凰花欲燃,铺霞张锦碧山前。
蝶儿应悔追春去,误了红香一片天。

登大明湖超然楼

湖光山色冷如秋,柳浪泉声拥翠楼。
遐思飘然天地外,戛然云里一沙鸥。

二　七言绝句

民办教师第一课

孤馆霞披户未开，书空自语且徘徊。
不知深浅合人意，再把篇章细剪裁。

大学教师最后一课

今日犹闻雏凤声，来朝孤棹拟归程。
滔滔妙思倾河海，不觉三敲钟已鸣。

大明湖

踏露寻幽柏叶香,蕖荷已老见秋光。
鸟儿未释西风恨,仿佛人前诉短长。

赤壁怀古三首

其一

天时地利与人和,赤壁孙刘共占多。
纵使东风无借力,曹鞭南指奈江何。

其二

横槊吟诗一代雄,舳舻千里下江东。
两乔本是囊中物,叵耐周郎更卧龙。

其三

黄公一炬满江红,铁索连环入彀中。
天未亡吴徒费力,仓皇乞道走华容。

孙权

坐镇东南数十州,守成开业展宏猷。
曹公慧眼兴长叹,生子当如孙仲谋。

周瑜

三十临危掌重兵,乘风一炬破曹营。
常人不识英雄气,褒贬随心身后名。

关公

刀劈颜良斩华雄,青龙赤兔气如虹。
眼中天底无人物,吴下焉知有吕蒙?

二　七言绝句

车年审

羚羊五载曰车残，年审艰难敢怨天。
掮客翻云施手段，原来役鬼靠金钱。

谒上海师大乔伋教授二首

（1995年暑假）

其一

南国骄阳热胜火，申江寒蛰报秋声。
亲聆教诲遂人愿，无奈灯残天欲明。

其二

风尘千里到申城，为解疑难谒两程。
面命耳提承雨泽，迷津指点顿心明。

怀念温桑先生

1987年温桑先生回国前赠书予我。情意恳切，谁知竟成永别。

临别赠书情意切，惊闻噩耗日无光。
魂归天国圣灵事，从此音容两渺茫。

二　七言绝句

办护照

　　舍弟等办护照,照相馆老板曰外加二百元帮办妥。拒之。当时官亦拒办,问为何,答曰彼生农村也。

殷勤老板吐真言,二百方能出国门。
遭拒问官因甚事,只缘出世在农村。

趵突泉

翡翠秋池云影深,抛珠喷雪动弦音。
尘缨不敢污流水,一掬涓涓濯素心。

春苑公园之晨二首

其一

昨夜难眠风雨稠,晓看红艳去枝头。
黄莺哪管春光减,总向行人百啭喉。

其二

雨后公园淑气新,晓风绿树草如茵。
骚人本是怜香客,忍看飘红踏作尘。

二　七言绝句

崔永元揭戏子有感二首

其一

江上阴风白雾迷,谁人孤胆夜燃犀?
冲冠全是英雄气,早许头颅易水西。

其二

自古刑无上大夫,何期天网漏妖狐。
寸心早已凉如水,始觉人间德不孤。

西施

心在越溪身在吴,西施歌舞动姑苏。
谁知伍相悬睛日,已备轻舟泛五湖。

题扇

(1981 年夏)

翩翩倩影若轻云,借得清风半缕魂。
但使主人消夏暑,不辞瘦骨闭长门。

二　七言绝句

贪官吟

秋风瑟瑟动帘铃，疑是银铛铁锁声。
街上忽闻鸣警笛，惊魂一夜梦难成。

观电影越剧《红楼梦》

　　1978年春看电影越剧《红楼梦》，为黛玉焚诗而落泪。夜深还过寸金公园月影湖，石凳上仍有情侣双双相拥而吻，余从农村出来，从没见此光景，而且还沉浸在宝黛的悲剧之中。不胜感慨，口占一绝。

　　修篁无语浸涟漪，月下春浓连理枝。
　　情动焚诗方洗泪，更嗟宝黛不逢时。

杭州西湖

（1997年）

雨后西湖万物新，芰荷绿盖水珠匀。
烟柳苏堤红伞女，蜂随蝶恋十分春。

山东蓬莱阁

蓬莱阁上觅仙踪，杳杳三山雾万重。
幸有诗碑存古意，摩挲顿觉藻思浓。

二　七言绝句

蓬莱三仙山

仙山楼阁竞奢华,金碧辉煌似帝家。
仙本山人应静处,奈何尘浊忍喧哗?

蓬莱田横山怀古

不肯低头却献头,田横高义炳春秋。
丹崖犹见英雄气,汉阙无人拜冕旒。

定远舰

炮火连天铁舰残,英雄碧血洒狂澜。
时人不识倾巢恨,指点龙旗带笑看。

(《历山诗苑》2022年第2期)

妲己

剜腹掏心事可伤,偏言妲己是灾殃。
成汤佳丽应无数,谁见仙姬惑圣王?

二　七言绝句

项羽

破釜沉舟震八方,阿房一炬入咸阳。
不思仁义安天下,却效嬴秦怎不亡?

老园丁

终日劬劳何所辞?春蚕蜡炬是人师。
杏坛喜见花千树,一任秋霜上鬓眉。

考驾照

自诩孤高不媚官,尤嗟人世向钱看。
如何浑噩随污淖,恶小为之亦不安。

落花

骚人总为落花愁,花落谁知更自由。
请看高枝将熟果,只因儿女累弯头。

二　七言绝句

楼顶榕树

（2012年）

危楼钢骨水泥坚，上有奇榕立傲然。
枝叶才高四五尺，仰观其势却参天。

井冈山火车上赠杨紫华兄

（嵌名诗）

杨柳依依君意浓，紫云缥缈自从容。
华年虽去心犹在，好月清风处处同。

端午有怀

每逢端午总神伤,况诵离骚更断肠。
本欲投诗悼汨水,奈何风急阻潇湘。

刘备

卑微织履亦枭雄,龙凤双英入彀中。
倘若庞公身不死,中原逐鹿孰争锋?

二　七言绝句

天伦之乐篇

（其一）孙儿学语

孙儿学语叫爷爷，桃李春风露乳牙。
千唤万呼听不厌，天伦之乐信无涯。

（其二）孙儿学步

孙儿扶床初学步，一步一步又一步。
一步更比一步宽，万水千山何足数。

（其三）孙儿教打羽毛球

孙儿五岁好为师，欲使爷爷变健儿。
挥拍不知衣湿透，时嫌老朽接球迟。

（其四）看孙儿学游泳

碧玉清池起水花，孙儿游泳仿青蛙。
教练持竿如赶鸭，窗前急煞老爷爷。

（其五）与孙儿对弈

学弈孙儿师大家，未赢爸爸胜爷爷。
复盘附耳常低语，下局能无再让些？

二 七言绝句

（其六）听孙儿弹钢琴

孙儿端坐自凝神，十指轻弹一曲新。
我愧少贫无所学，不知白雪与阳春。

送安德鲁先生归国

（1986年）

送君万里渡重洋，六月花城百卉香。
挥手劳劳何日会，浮云明月两相望。

佩氏窜台感赋二首

其一

西山昨夜起妖风,小岛鸡啼雌化雄。
几响惊雷天忽曙,红霞万朵日融融。

其二

忠孝全抛事可伤,尤堪卖祖父夷洋。
痴心妄想槐安国,梦幻游离别故乡。

二　七言绝句

龙门石窟

空空石窟困深愁，伊水悠悠未洗羞。
非是乡人无识宝，应憎夷狄尚神偷。

临高王佐纪念馆

名动京华更可哀，治平多怨用樗材。
先生幸作诗人老，犹有香烟绕祭台。

偶咏

周游四海觅知音,五岭三江处处寻。
珠玉文章谁赏识,一枝秋菊傍寒林。

偶逢纪念馆闭馆

千里遥临馆不开,门前惆怅久徘徊。
阍人欲助嗟无力,嘱我明朝务再来。

二　七言绝句

七夕有怀

金枝不悔嫁牛郎,天地悠悠恩爱长。
可叹人间多怨侣,一朝富贵弃糟糠。

七夕

（1981年）

晚卧阳台之上,时日入虞渊,新月如弓,行云缥缈,疏星明灭,口占一绝。

银汉迢迢云影疏,高楼闲卧仰星图。
应怜牛女相思苦,灵鹊何时造坦途?

辛丑七夕应节大雨降不断有感

——和邹公继海

相逢何必泪滂沱，自古人间怨更多。
不见长城埋朽骨，孟姜宁可守银河。

附邹公继海原玉
《辛丑七夕应节大雨降不断有感》

几年少见泪滂沱，许是情愁特别多。
但愿恶规从此废，欢声夜夜漾银河。

二　七言绝句

辛丑中秋偶感

——和邹公继海

逐浪江心水亦天，扁舟来去任人先。
举头遥问家乡月，似否中秋波上圆。

附邹公继海原玉
《辛丑中秋偶感》

把盏微酣试问天，蟾宫折桂有谁先？
万邦今晚齐欣羡，争看中华月最圆。

电白一中初三班毕业茶会即席赋诗二首

（1981年）

（一）

何日相逢未可期，衔杯欲语意迟迟。
劝君莫作临岐叹，殊路同归信有之。

（二）

岂无知己在天陬，挥手何须泪暗流。
但有一言应记取，等闲莫白少年头。

二　七言绝句

看电影《屈原》有感，口占一绝

（1980年）

六合沉沉出国门，渔夫无计劝王孙。
汨罗遗恨何时已，枫叶纷纷吊楚魂。

回环诗四首

（一）春

菁菁草树暖啼莺，树暖啼莺春日晴。
晴日春莺啼暖树，莺啼暖树草菁菁。

（二）夏

团荷绕榭独凭栏，榭独凭栏对荔丹。
丹荔对栏凭独榭，栏凭独榭绕荷团。

（三）秋

悠悠碧水泛轻舟，水泛轻舟苇荻秋。
秋荻苇舟轻泛水，舟轻泛水碧悠悠。

（四）冬

梅香白雪暮衔杯，雪暮衔杯乐客来。
来客乐杯衔暮雪，杯衔暮雪白香梅。

二　七言绝句

自勉

（1981年）

未竟残篇鬓已斑，白驹过隙几时还？
无聊莫作非非想，且向花阴读《小山》。

秦皇入海求仙处抒怀

纵目清秋立海垠，沙鸥自在杳云津。
蓬山若有长生药，觳觫吾曹尚苦秦。

观海

（1981 年）

电白一中任教。住顶楼教室旁小卧室。日见大海，时沐海风，虽穷，然心旷神怡，不知愁为何物。

葛衣蔬笋自怡神，蓬岛凤池安足论？
冷眼凭栏看世界，东来沧海未盈樽。

秋思（回文诗）

长河一隔两飘萍，落月愁思归雁征。
凉夜秋声虫唧唧，妆残对镜旧灯明。

二　七言绝句

闻曲阜恢复祭孔有感

（1984 年）

是非死后论纷纷，夫子光辉千古闻。
壁内藏经烧不尽，苍天原未丧斯文。

大树篇呈陈院长政绍公

（1988 年 4 月 26 日）

来学院工作两载矣。而调动未成，嗟乎！

华盖亭亭百羽栖，根深本厚叶葳蕤。
蓬中寒雀悲长夜，能借向阳东一枝？

游湖

平湖塔影晚风凉,垂柳依依幽径长。
同坐曲桥看月色,跳鱼惊起卧鸳鸯。

伤别

别意依依泪暗流,火车难载一腔愁。
清江不解离人恨,荡漾南来春复秋。

三 五言律诗

春节苦滞广州

（2001年）

清气满南都，春声动海隅。
寒轻梅早白，雨细草先苏。
乡思随时积，归心此刻殊。
妻儿千里外，待我正围炉。

咏诸葛武侯

一席隆中对，三分天下知。
二朝报厚遇，七纵服蛮夷。

泪落出师表，神劳六伐时。
凄清原上月，千古照心扉。

海南之旅

（2014年10月）

昔日嗟孤旅①，今兹乐远游。
自知贤主助②，何患阮囊羞。
击汰浮兰桨，冲波踏急流。
宵栖五指下，好梦鹿回头③。

注：①1982年余赴海南万宁访同学不遇，无限惆怅。②今年10月1日族中富商李锦生之公子在海南举行婚礼，邀余出席，随后

与其亲戚组团旅游，费用由其支付。③鹿回头，传说古代一男子持弓逐一梅花鹿，九日而不忍射杀。鹿回头而变为美女与男子共结连理。

江南春

江南春意满，处处啭莺喉。
烟锁池塘柳，气蒸圩镇楼。
香蹊穿蛱蝶，暖浦戏沙鸥。
安得一知己，轻舟载酒游。

漓江秋日行舟

桂香潜入梦,早起泛舟行。
水落秋江瘦,烟轻叠巘明。
沙鸥来复去,岸树送还迎。
诗兴方潮涌,长空雁一声。

泰山松

郁郁石间松,巍然立泰峰。
寒云唯鸟语,高处但仙踪。
雪虐枝犹壮,风侵叶更浓。
相看红日暮,别意几千重。

大学生村官

高才堪大用,故里试牛刀。
引凤栽梧树,开渠灌旱苗。
赤心纾困瘼,正道秉清操。
但使家乡好,虚名等羽毛。

梦老班长康和平同学

执手中山别,谁知成永诀。
幽幽窀穸寒,寂寂形神灭。
梦里忆交欢,醒时悲哽咽。
苍天喜弄人,木秀风先折。

伤黄振聪同学

相见未经旬，忽闻君作古。
伤心忆逸游，挥泪飞红雨。
踽踽怅行人，凄凄悲野土。
魂兮何日来，梦里倾肝腑。

惊接林江老师讣告

鸦声惊讣闻，泪浥青襟透。
万里暮云低，廿年恩泽厚。
长怜多病身，遥祭无笾豆。
天意妒英才，好人悲短寿。

见陈涛同学遗照

五年情谊厚，学海幸同舟。
星陨长天暗，讣闻清泪流。
杜鹃啼永夜，旧照起新愁。
何日魂来叙，重温昔日游？

游青岛八大关

徜徉八大关，郁郁林荫道。
暮雨洗轻尘，青波浮落照。
天边舟楫来，花下情人笑。
安得结庐居，观潮常寄傲。

重九与友赏菊

（2013年）

月下赏黄菊，重阳叙小园。
金风入薄袖，玉露湿苔痕。
瘦影知孤骨，幽香识傲魂。
休言白发短，吟啸古风存。

偶过山村

瓦舍清溪畔，西山晚日红。
泉鸣青石上，犬吠短桥东。
长啸人皆笑，高吟孰与同？
忽闻村笛怨，天际起西风。

访海南儋州东坡书院

（2014年10月）

蛮荒悬海外，迁客意何如？
心旷天涯近，虑清烟瘴除。
化民传大道，容膝寄茅庐。
余泽千秋在，书香溢故居。

春节感怀

1988年春节，调动尚未成，再上陈院长政绍。

爆竹迎新岁，春声动太虚。
微风吹细雨，美酒酌红炉。
举座皆欢笑，一人独向隅。
遥思弹铗客，愧在孟尝居。

登华山咏沉香救母

（2006 年）

沉香劈华山，慈母脱羁绁。
笃孝感苍天，精诚辉皓月。
仰视白云浮，长嗟江水泻。
唯存寸草心，毋逐春芳歇。

乘武广高铁"和谐号"早发广州二首

（2012年10月）

其一

早发五羊城，和谐动远征。
游龙矫鄂渚，黄鹤捷青冥。
御电越湘水，乘风过洞庭。
回看南粤路，千里晓云轻。

其二

粤汉通高铁，舒心首远行。
三湘虹未霁，五岭雨初晴。

碧落驰云驾，沧溟驭巨鲸。
美人赠香茗，谈笑度遥程。

除夕夜出河西汽车站

（1989 年）

街头露宿者，天冷若为眠？
微雨鹑衣薄，寒风旧絮坚。
探头窥焰火，枵腹听猜拳。
过此心悲恻，敢嫌少俸钱？

北海之晨

（2014 年 10 月）

梦回知夜尽，早起踏清秋。
风静潮声远，星沉海日浮。
滩涂争鹬蚌，云水戏沙鸥。
遥念还珠事，唏嘘叹不休。

秋夜抚琴兼寄族叔日大

（2014年）

抚琴操古调，击节有知音。
雨急三湘水，云舒百粤岑。
狂飙生朔漠，玉露滴疏林。
曲罢深宵寂，寒蛩竹外吟。

四 七言律诗

悼谭文炘老师[1]

先生驾鹤别嚣喧。电海骚坛失达尊。
幸有遗香流孔壁，再无瑞雪立程门[2]。
诗宗李杜思硎砥，医演岐黄记诲言[3]。
夜里论文原是梦，萧萧枫叶赋招魂。

注释：[1]先师谭文炘先生毕其一生精力编纂《电白黎语辞典》，惜未成终稿。乙酉年四月易箦之际，属余完之。[2]余少事谭师，常周末骑破单车行五十余里，至巳午时，则于葡萄架下候师醒来。[3]余初中毕业后，恰逢"文化大革命"，乃返乡务农。七十年代初以推荐上大学无望，遂从谭师之议习医。其时托广州读医之友人购得医学典籍，潜心研习，略有所成，乡里亦颇为信服，入读大学后仍有故旧引荐到校求诊者。电白一中任教期间，先师及家人有疾，余必趋为诊治。今谭师已逝，思之不禁怅然。

登泰山

日观台上望蓬莱，云海茫茫拨不开。
圣主龙銮黄鹤杳，游人车驾碧空来。
摩挲残字风吹雨，俯视寒松绿映苔。
独步天街归去后，梦魂自此几萦回。

山海关怀古

千仞雄关控八荒,遥观山海两茫茫。
袁公画角惊天地,三桂降旛纵虎狼。
自毁干城倾社稷,堪怜煤岭殁君皇。
骚人岂作兴亡叹,一任余晖浸热场。

开封包公祠

袅袅香烟绕古祠,先贤遗像凛英姿。
铡刀虽老锋芒在,家训犹存懿范垂。
封禅赵家无寸土,盖棺孝肃[1]有丰碑。
霜威欲借惩蝇虎,十亿神州彰四维。

注:①包公谥号孝肃。

四　七言律诗

探视住院严少华老师

（1986年）

　　毕业前夕到医院看望严少华老师。他骨癌晚期，仍念念不忘学生的学习和生活，令人哽咽。

落日偏欺赤子心，欲扶后进力难任。
强支病体嘘寒暖，故作怡容慰子衿。
止痛唯凭施点滴，除根哪得动砭针？
忍看残炧芯将尽，惜别依依泪满襟。

春雷喜雨

2016年1月苦寒，病痛折磨，28日凌晨闻雷，喜而作此。

病榻愁眠意已灰，梦回夜半听惊雷。
春潮送暖来天地，喜雨随风润九垓。
痹痛顿消应去药，胃脾渐旺欲衔杯。
小园晓看东枝上，心与桃花一处开。

步鲁迅《自嘲》原韵寄欧老师

欧珮媛乃我平生最尊敬的老师之一，其夫婿为"右派"，欧老师独力抚养两个儿女，

四　七言律诗

处境艰难。小学三年级时（1960年），她带领学生到旦场圩挑石灰，我最穷，饿得面黄肌瘦。她买了一个粽子强要我吃，我已经很懂事了，坚决不要，并马上跑开，她在后面追。至今想来，犹感动万分。"文化大革命"，欧老师被打成"牛鬼蛇神"。剃十字头，戴高帽游行批斗，身心受到严重摧残。恨我无拳无勇，唯有暗自落泪而已。谨步鲁迅先生原韵以寄（1981年）。

失时落泊更何求？夜半惊魂几问头。
有帽巍峨过闹市，无人磊落砥中流。
琵琶犹得怜司马，徵羽焉能感木牛！
还拂旧书从细读，炎天过后是清秋。

获奖作品三首

其一

"文澜杯"全国诗词大奖赛(《中华诗词》杂志社和临高文联举办)

临高角怀古

雨急风高浪接天,凭栏遥望忆当年。
沙场壮士摧强寇,怒海篷舟克铁船。
碧血无闻埋草下,英名有幸耀碑前。
不知贪吏心中事,我立于斯愧俸钱。

四　七言律诗

其二

海南省"母山咖啡杯"全省诗词大赛

大丰母山咖啡吟

何必瑶池盗玉浆，咖啡异品母山香。
常霑幽壑烟岚气，饱纳精华日月光。
金盏银壶和露煮，红颜素手劝宾尝。
大丰小啜归来后，余味丝丝久不忘。

其三

电白文联——庆祝中国共产党成立100周年征稿

井冈山八角楼毛主席故居感怀

遐思无限独登楼,圣地遥临愿始酬。
宵旰只缘天下计,躬劳岂为稻粱谋。
时清又见河图出,日丽欣来凤鸟游。
民族强林今并立,哲人先后领风流。

海南临高访王贵荣同学

（1982年暑假）

其一

海角重逢日坠西,不辞千里汗沾泥。
呼妻小肆沽村酒,教女红炉烹伏鸡。
木板为床谈往事,星光作烛照灵犀。
明朝别尔天边去,缈缈浮云孤雁啼。

其二

翩翩才俊萃深春,卅载殷殷手足亲。
学海同舟追旧梦,天涯分袂托鸿鳞。
泉台勿道无知己,诗国常怀有德邻。
酹酒三杯魂不至,文澜江月待何人。

《诗话罗平》作品一首

——大美罗平赞

春风送美到罗平,极目郊原金染成。
花海流香千蝶醉,银河卷雪九龙倾。
佳人影动多依水,游子魂牵洛越情。
逐梦英雄齐踊跃,朝暾策马启征程。

《春风吹过四十年》作品三首

（其一）忆一九七七年高考

回首当年赴考场，妻儿相送两神伤。
芳园久涸芝兰少，黄菊新滋雨露香。
勾股推敲求正解，风云挥洒谱华章。
桑榆未晚君休叹，万里征帆正起航。

（其二）元旦感怀

（1979年）

大江疑不向东流，北望长安泪怎收？
社鼠垂涎窥九鼎，草民勒带斗资修。
霜飞六月群星暗，血沃千冈新鬼愁。
昨夜风雷澄宇宙，英雄四化展鸿猷。

（其三）无题

谁知丹橘暗含香，但爱荷花似六郎。
醉眼尚能分鹿马，素心自许照冰霜。
长歌正气泪千点，翘望青冥雁一行。
闲把英文朝镜读，凭他哂笑若痴狂。

（此诗作于1976年，无改动）

《百年诗颂》作品二首

（其一）七律·洛川会议

万里长征乍歇鞭，洛川高会定琴弦。
抗倭本是存亡策，联蒋重开手足篇。

唤起人民鱼得水,驰来敌后气冲天。
江流远去声犹在,回首群英到眼前。

注:洛川会议,六届中央政治局于 1937 年 8 月 22 日—25 日在陕北冯家村召开扩大会议,会议制定的党的全面抗战路线,把实行全民族抗战与争取人民民主、改善人民生活结合起来,把反对外敌入侵与推动社会进步统一起来,正确处理民族矛盾与阶级矛盾的关系。会议通过的《抗日救国十大纲领》阐明了共产党在抗日战争时期的基本政治主张,指明了坚持长期抗战、争取最后胜利的具体道路。

(其二)七律·论持久战

似虎倭奴张利牙,狂言一季灭中华。
如神高论辉灯塔,泛海航船过暗沙。

四　七言律诗

速胜难因强击弱，不亡实为正驱邪。
三通鼓捣黄龙日，天上飞来五彩霞。

注：《论持久战》，毛泽东在1938年5月26日—6月3日在延安抗日战争研究会上所作的讲演。该讲演全面分析了中日战争所处的时代和双方的基本特点，深刻论述了抗日战争是持久战，必须经过战略防御、战略相持、战略反攻三个阶段，批驳了"亡国论"和"速胜论"，深刻阐述了人民战争的思想。抗日战争的实践充分证明了《论持久战》中的预见是完全正确的，是符合实际情况的。

参观广州中山纪念堂有感

蛰龙一奋动风雷,四亿同胞洗劫灰。
万里江山明日月,千年帝制没尘埃。
巍峨一柱撑天地,沉毅双眸瞩未来。
天下为公称古训,吾人到此敢忘怀?

广州菜市场

南北东西一望赊,商人顾客静无哗。
舟山春暖输螃蟹,琼岛冬阴送芥花。
尘薄不沾东郭履,心宽且买邵平瓜。
皆言鲍肆腥臊重,此处清新似我家。

广州公共厕所

粪溷何曾入雅章,街边一处不寻常。
双层小筑明轩牖,一片清阴掩粉墙。
未见苍蝇挈夕照,更无浊气惹衣裳。
若非文字明昭示,此地安知集夜香[①]?

注:①夜香,粤语委婉语,粪便也。

广州越秀公园

芳草奇花古木森,平湖异域落珍禽[①]。
千年铁树[②]含春意,百啭娇莺吐好音。

朝汉孤台③云已散,越王伟业迹难寻。
危楼独上怀今昔,且向西风解素襟。

注:①有南美之候鸟来落户。②铁树,即苏铁蕨。③朝汉台,南越王赵佗所建。

小蛮腰(广州电视塔)①

独立江头望信潮,小蛮丽质一何娇。
朝霞晓露濡云鬟,朗月明星佩玉腰。
偷眼罗浮偏猥琐,传情衡岳却迢遥。
夜寒高处风萧瑟,伊孰登临弄凤箫?

注:①广州电视塔戏称小蛮腰,高600米,亚洲第一高塔。

黄埔军校旧址

长洲有幸荟英才,星列天区虎帐开。
北伐江横旗带血,东征夜静马衔枚。
阋墙分道亏心力,御侮同仇扫劫灰。
但使山河重一统,岂求名姓在云台!

水东湾大桥晚望抒怀二首

其一

宏构精思媲鲁班,虹桥飞架水云间。
灯辉碧海连星落,风送兰舟载月还。

双贝天边闲吐蜃,三洲足下晚啼鹇。
凭栏往事堪追忆,细浪浮情满港湾。

其二

危栏徙倚思无缰,神笔谁将学马良。
龙虎①遥望云径捷,舳舻相过笛声残。
曾惊洪水来天地,今喜春风满梓乡。
月落高楼灯似昼,车流人影入苍茫。

注:①龙头山在博贺镇,虎头山在南海镇。

四 七言律诗

读台山诗人程坚甫①诗词感赋五首

其一

老杜光芒孰与群?不磷今日溢芳芬。
呕心和血旋为碧,滴泪成章总有文。
饥读奇书充两顿,愁援秃笔指千军②。
尔来欲访先生在,荒冢寒鸦落日曛。

其二

褐衣踏露独耕耘,抱瓮蔬园日未昕。
逐臭村边蝇作伴,③采薪林薮兔为群。
尘心未死因诗癖,瘦骨能存是体勤。
击壤悲歌风索瑟,声沉力竭有谁闻?

其三

盘飧三载不沾荤,旧桶遮羞缺布裙。
绝嗣原知归宿命,无花宁敢怨东君?
牛衣共宿长为伴,涸辙相濡哪见云?
幸有不磷诗一卷,教人读罢泪雾雾。

其四

新诗自赏少三亲,天地茫茫一孑民。
杜甫伤春悲白发,仲尼绝笔叹麒麟。
无鱼素食非修戒,多病愁眉岂效颦。
独听杜鹃啼落月,忍看残炧化泥尘。

其五

十年风雨乱纷纷,幸有不磷诗未焚!
须断④深更吟冷月,灯残空壁对秋芸。
春丝已尽应无恨,志士孤怀欲效芹。
一自先生归去后,三台文气久氤氲。

注:①程坚甫,台山农民诗人(1899-1989),原为民国政府的小公务员,新中国成立后(五十岁)回乡务农,有《不磷室诗存》传世。人称中国农民中的"当世老杜",见《作品》2020年第11期苏炜文章。②唐·杜甫《醉歌行》诗:"词源倒流三峡水,笔阵横扫千人军。"这里用"指",以免太夸张。③程翁当年在生产队拾粪为生。④唐·卢延让《苦吟》诗:"吟安一个字,捻断数茎须。"

村居四首

（一）

清风竹苑弄埙篪，瓜圃荔园蜂蝶痴。
禾稻秋秾香秀穗，天蚕春暖早成丝。
闲看鸡鷇争虫断，常闭柴门访客稀。
夜约邻翁相对酌，晴窗卧起日迟迟。

（二）

幽香阵阵透窗纱，知是荔枝先着花。
清梦初回鸡嗷嗷，轻寒乍暖雨沙沙。
尖尖池水标莲角，郁郁筠林出笋芽。
但愿青春长作伴，何须车马拥高衙！

（三）

桃花桂子自春秋，蛙噪蝉鸣竞自由。
素月分辉明画牖，芬兰输绿上高楼。
听潮攲枕频回梦，①对月低吟未展喉。
虽不西畴躬稼穑，老农时与稻粱谋。

注：①曾在海边当十年民办教师，今常梦之。

（四）

遥岑秋色紫烟凝，仰望长天塞雁征。
风动珠帘流月影，凉生玉露入虫声。
雅室抚琴鸣古调，良宵来客对楸枰。
镜中白发休惆怅，且向东篱赏晚晴。

悼王贵荣同学二首

其一

闻君卧病已惊心,讣告来时泪满襟。
鲍叔知贤推吉士,伯牙怀旧碎瑶琴。
安贫幸有诗书伴,荫子惭无雨露淫。
感我精诚魂不弃,依稀梦里共长吟。

其二

翩翩才俊萃深春,卅载殷殷手足亲。
学海同舟追旧梦,天涯分袂托鸿鳞。
泉台勿道无知己,诗国常怀有德邻。
酹酒三杯魂不至,文澜江月待何人。

四　七言律诗

沈阳大帅府抒怀

合璧中西构帅庭，当年父子苦经营。
朱门不见严兵卫，深院犹存古木荣。
拥蒋非因图富贵，放曹总为拒东瀛。
囹圄久困丹心在，赢得千秋万古名。

悼严少华老师

一世勋劳安足论？支离瘦骨卧黄昏。
珠江骤雨愁花苑，鸭绿硝烟入梦魂。
弦断谁人听涧水，雪消何处见程门？
春丝未尽蚕先老，星月迷蒙浥泪痕。

注：尊师严少华先生乃志愿军干部转业，原广东教育学院英语系主任。

悼张志新

心似灵犀一点通,是非岂忍作痴聋?
头颅慷慨埋荒草,浩气精诚贯彩虹。
潮涌鸥夷千古恨,鹃啼碧血满山红。
浮云蔽日今安在?有口皆碑奸与忠。

(1979年雷州师范墙报刊出)

登尖岗亭

登亭纵目夕阳红,谁展霓裳舞太空?
扑石惊涛簸玉屑,映天明镜动青峰。

渔歌四起消残暑,归棹如飞趁晚风。
安得便能生羽翼,随鸥放荡水云中。

(1970年,七律处女作,只保留这一首,未加改动,以看出当年的稚嫩。)

《电白黎语辞典》付梓感赋

(2023年)

遗命拳拳岂敢忘,①多年萤雪鬓成霜。
字林训诂依唐韵,辞海穷源辨酉阳。②
博采民风存礼俗,独钟农事记麻桑。
书成何事翻惆怅?恐有瑕疵笑大方。

注:①先师谭文炘先生毕其一生精力编

纂《电白黎语辞典》，惜未成终稿。乙酉年四月易箦之际，属余完之。②编辞典时，见有《王杂俎》，即改为《酉阳杂俎》，后又见之，乃知为《五杂俎》。《酉阳杂俎》乃唐段成式所撰，《五杂俎》乃明谢肇淛所著。

电白一中百年校庆感赋

（2014年）

治平何处觅华英？十秩黉门赋鹿鸣。
日月高悬修正气，霜锋勤舞伴鸡声。
潮生电海千舟竞，春入浮山万木荣。
饭量三餐虽渐减，犹思为国造干城。

… 七言律诗

钓鱼岛二首

（2012 年 12 月）

其一

九重隐隐动风雷，梦里人间历劫灰。
愁思茫茫连浩宇，妖氛冉冉起蓬莱。
千年剑气冲牛斗，万顷洪波涌钓台。
自古伐兵非上策，伊谁大智伏倭魁？

其二

波翻云涌望瀛洲，恨是书生更白头。
鸡唱三更思起舞，梦回几夜看吴钩。

郊原枯骨余萤火,靖国幽魂播世仇。
何日东溟平似镜,遣唐大使泛轻舟?

虎头山逍遥宫

——和李祝群

(2014年)

琵琶曲罢斗阑干,弄笛鲛绡玉女寒。
金谷脂凝春水滑,苏台筵散瑞香残。
潮声亘古自来去,衰草于今孰与看。
莫怨西风凋碧树,蕉窗夜雨任轻弹。

注:虎头山逍遥宫曾是娱乐场所。

附李祝群原玉

西风落叶满栏杆,豪气终消阁渐寒。
孤雁秋深声带恨,荒鸡夜尽梦啼残。
宫花萎谢人谁顾,山月苍茫独自看。
愚性闲翻新港调,抱琴愁倚夕阳弹。

咏公安三袁

三袁兄弟俱云龙,旗鼓骚坛一代宗。
诗品但求真性笃,文章岂任汉风浓。
长怀天下忧民瘼,每入山中探野踪。
欲访先生知底处,岩峣泰岱仰孤峰。

咏谷俊山

六韬七略腹中空,竟握长缨可缚龙!
蹴鞠①谁知成伟业,嗅脓自喜建奇功。
宏图岂止千钟粟,欲壑难填四海铜。
梦断黄粱秋叶散,幽窗独对夕阳红。

注:①蹴鞠,指宋·高俅。宋·孔平仲《续世说·邪谄》:"唐侯君集马病蚰颡,行军总管赵元楷亲以指粘其脓而嗅之,御史劾奏其谄。"

四　七言律诗

广州大学城

谷围气象一时新,学子莘莘传火薪。
探秘寻幽穷宇宙,修身济世饱经纶。
书香款款神州梦,琴韵悠悠稷下云。
竞渡龙舟齐踊跃,伊谁夺锦到江津。

注:广州大学城坐落于番禺之小谷围岛,十二所大学进驻。

赠李兄贺城

台山贺城兄义务编族谱,以一人之力而担全族之任,寒暑十易,艰苦备尝。

孤灯残卷冷风侵，十载艰辛一力任。
穷溯源流踵继迹，彰明昭穆献丹忱。
椟藏新谱无铜味，意达先贤感孝心。
迷懵羁禽云海外，幸凭指引复归林[①]。

注：①赖贺城兄指明吾族之源流。

访根子柏桥

　　1996年1月4日与吕振华同学参观高州根子镇柏桥荔枝及北运菜基地。

华盖亭亭一望青，小楼鳞次玉轩明。
平畴万顷良苗秀，冬日千家春意盈。

四　七言律诗

带笑村翁欣客至，含羞少妇出门迎。
柏桥一去情无限，碧水青山梦里萦。

哭汶川

彤云千里日无光，长笛哀鸣悼国殇。
失怙儿啼鹃滴血，丧家犬吠客沾裳。
仁人救苦倾囊箧，壮士扶危蹈火汤。
我向汶川唯一哭，闻之草木折肝肠。

看社戏粤剧《西厢记》

庙前社戏鼓逄逄,老少欣临鲫过江。
舞袖轻盈翔羽鹤,歌声嘹亮啭红腔①。
疏狂士子愁长日,忐忑佳人守晚窗。
曲罢归来乘落月,桑间人语影幢幢。

注:①粤剧泰斗红线女所创的唱腔。

退休感怀二首

其一

白头未敢辍耕犁,推枕三更待晓鸡。
传道奚悲为蜡烛,护花不惜化春泥。
楸枰共对空明月,涸辙相濡半老妻。
最喜南山新雨后,无边桃李已成畦。

其二

平生一乐作人梯,喜听芳林雏凤啼。
云路迢遥无羽翼,诗山邂逅有灵犀。
浮沉终觉黄粱梦,荣辱谁醒郑鹿迷。
莫羡豪门钟鼎食,茂陵唯见暮鸦栖。

九一八纪念馆感赋

夜半枪声非等闲,倭奴利爪夺河山。
流民西徙乡思苦,义士东望热泪潸。
卷地腥风愁古塞,连天烽火漫雄关。
深林幸有田横客,雪裹红旗血迹斑。

黄鹤楼

层楼竦峙楚天低,烟雨龟蛇入望迷。
舸舰轮飞沾海雾,星桥影落动虹霓。
崔公余韵山川在,太白高风日月齐。
久倚危栏神缥缈,九重隐隐鹤孤啼。

和邹公继海《六代会卸任有感》二首

（一）

平生岂许负华年？合浦还珠有口传。
举箸不忘贫百姓，修身每念老三篇。
耻求田舍长怀信，忍息仔肩因让贤。
一去寒江垂钓晚，来人更喜勇争先。

（二）

黉门负笈忆当年，贫贱焉知乃世传？
郁郁花林为绿叶，茫茫学海觅残篇。
曲中谁解相思意？梦里神交旷世贤。
心逐高天鸿雁远，管他篱菊哪丛先。

附邹继海原玉
《六代会卸任有感》

沥血楹坛十一年，夺标强省续新篇。
何曾节假休闲过，不辍耕耘薪火传。
两届交班归淡静，全心卸担与才贤。
激情未共光阴老，国粹弘扬尚敢先。

朱日和大阅兵

貔貅叱咤北山倾。塞外秋来大演兵。
万里黄云冲剑气，九霄银隼掣雷声。

披山雾障力擒虎，蹈海波高势缚鲸。
安得此身能再少，亦当投笔请长缨。

重阳浮山登高二首

其一

重阳策杖上浮山，独立苍茫天地间。
万里晴光明远岱，数声鸪语望乡关。
长空雁过青峰静，幽壑烟寒倦鸟还。
苔石溪边逢浣嫂，欣知此处亦人寰。

其二

愧无彩笔染秋山，唯载诗情到此间。
俯仰方知天地阔，荣枯勿叹鬓毛斑。
竹林鸡雏炊烟起，萝径鞭吟黄犊还。
愿结茅庐临石涧，素襟长伴白云闲。

注：山上有村。

赠新同学

（1978年）

枝头喜鹊语喧哗，学子莘莘齐到家。
壮志凌云鹏振翼，文心倚马笔生花。

莫缘秋露思鲈脍,敢上珠峰览物华。
勤苦或能登彼岸,管它学海有无涯。

赠倪先生忠奇

倪生年少饱经纶,玉剪裁诗更绝伦。
流水因声思雅调,盛筵为我洗征尘。
才听高论言萦耳,复感真情酒入唇。
余住南溟君北海,心存知己便为邻。

赠林晓娟同学

诗宗唐宋自闲吟,谁向东风启素襟?
虽信谗言销健骨,岂容污淖染冰心。
嗟无善贾长怀璞,喜有知音可抚琴。
独坐林边观晓日,鹃啼猿啸白云深。

与上海师范大学卢大中老师登白云山

三月花城慰久违,白云山上看云飞。
江船隐隐笛声远,海雾茫茫日影微。
但爱夕阳无限好,休嗟霜发古来稀。
明朝一别相逢少,美酒今宵且共挥。

四　七言律诗

游大小莲池

四合云峰抱绿漪，青萝碧树草离离。
游人结帐听虫语，翡翠营巢近水陂。
薄雾轻笼情侣醉，清波微漾锦鳞嬉。
眼前莫恋风光好，且上高池景更奇。

注：大容山有小莲池和大莲池，小莲池在下，大莲池在上。

游大容山①

百转盘旋上碧峰，轻车微喘我从容。
空潭飞瀑②寒烟起，深树鸣蜩绿意浓。

天镜③徘徊云几缕，人寰隐显雾千重。
幽心欲友青猿老，长啸随风入古松。

注：①大容山，在广西北流市境内，面积1200平方公里，高峰24座，其中主峰莲花顶海拔1276.5米，1000米以上高峰有8座。树木丰茂，四季常青，乃国家森林公园。②莲花瀑布落差500米，共分九段。③天镜，指天湖景区和莲花景区的高山湖泊。

咏项羽

拔山气势世无双，三户楚人亡大邦。①
斩将搴旗先越布，运筹制敌比孙庞。②

怀仁不把刘公煮,破釜终教秦卒降。③
伏剑慨然天地恸,英魂千古立乌江。

注:①《史记·项羽本纪》"楚虽三户,亡秦必楚"。大邦,指秦。②越布:彭越、英布,项羽手下两大将。孙庞,战国时期孙膑与庞涓。③刘公,刘邦之父刘太公。

谒孔庙孔府

大成殿上凤凰栖,翠柏林中百鸟啼。
礼乐犹能兴世事,诗书幸得化烝黎。
昔闻帝道推尊孔,今见童生学让梨。
自古而今谁不死,月光萤火判云泥。

谒孔林

古柏森森泗水边,圣人高冢草芊芊。
身传六艺三千载,道继三皇七十贤。
赑屃驮碑吟冷月,石人守阙伴清眠。
吾来闻得书香味,从此挑灯续韦编。

阳江鸳鸯湖音乐喷泉

鸳鸯湖上赏奇观,飞瀑悬天落九滩。
烟雨迷茫沙浦暗,银蛇狂舞雪山寒。
千寻玉笋垂霄露,万卷新图弄管翰。
曲罢泉声同阒寂,别来应向梦中看。

四 七言律诗

鸭绿江断桥抒怀二首

其一

独立桥头忆虎贲,冲锋号角至今闻。
云山夜雪单衣薄,汉水硝烟白日曛。
每叹时人轻铁骨,焉知志士葬荒坟。
行来又觉阴风涌,谁复横刀靖祲氛?

其二

壮士长歌夜入朝,寒江水涌起狂飙。
红旗漫卷云山雪,黑气豪吞鸭绿潮。
忍睹邻人成弱兔,敢张巨网扑强雕。
硝烟散去味犹在,无限遐思立断桥。

徐才厚败亡感赋

（2015 年 3 月 15 日）

霍霍云霄震电雷，迭连达运逆遭回。
囷囹囚困因图国，货贿贪赇败赘财。
怏怏情怀恒恶念，炎炎炽火欻燋灰。
洪流滚滚涤污浊，黄叶萧萧落草苔。

闻鸡

闻鸡夜夜梦难成，空有痴心羡祖生。
学海当年曾击楫，书山今日更扬旌。
才疏未许便投笔，力薄无缘可请缨。
当此太平无事日，微吟独善亦忘情。

四　七言律诗

童年趣事

　　童年乐事一桩桩，戏扮迎亲喜轿扛。
罗雀林疏秋瑟瑟，摸鱼溪冷水淙淙。
因飞纸鹞搓麻线[①]，曾躲迷藏钻瓦缸。
昨夜雄鸡惊晓梦，依稀小学古钟撞[②]。

　　注：①以前没有丝线放风筝。乃将剑麻的肉刮掉，剩下纤维，以纤维放在小腿胫上搓成麻线，虽然粗糙，但勉强可用。②村小学原有一口古钟，作为学校上下课的信号钟，可惜大炼钢铁给毁了。

天问一号火星车登陆火星感赋

宝剑光寒十载磨,仙槎缈缈泛星河。
祝融孤旅知音少,天问千年荧惑多。
湔耻奚忘鸦片恨,惜时常指鲁阳戈。
群科济世遵遗训,勇立潮头更放歌。

松花江抒怀

夏至冰城雪已消,松花堤上柳千条。
凉风轻飐清江水,游子遥临古铁桥[①]。
偶见街名崇烈士,[②]更明伟绩涌心潮。
可怜昔日亡家客,一曲悲歌[③]动九霄。

注：①中东铁路第一松花江大桥，大桥共19孔，宽7.2米，全长1015.15米。桥墩为石膏白灰浆砌石，花岗岩石镶面。1896年，沙俄通过《中俄密约》，攫取了在我国修筑东清铁路的权利。1898年开始测量、设计、修筑松花江公路大桥。1900年5月16日正式动工，1901年8月22日全面完工，同年10月2日交付使用。现经修复，辟为旅游景点。②哈尔滨有以烈士命名的街道，江边有靖宇街。③指经典老歌《松花江上》。

金田村怀古

寻常村落夕阳斜，昔日分封似帝家。
山色茫茫鸦噪树，江流滚滚浪淘沙。

但知鱼帛能迷众，未有雄才可斩蛇。
遥问秦淮秋夜月，玉人犹唱后庭花？

水与健康之感悟

养颐之道在身心，仙草灵丹未可任。
利物趋卑诚上善，容川纳涧大胸襟。
动如江涌流无腐，静若冰凝毒不侵。
行止超然同渌水，阴阳燮理远砭针。

十九大感怀

燕山细雨洗清秋,九月黄花香满楼。
大地风随浓雾散,长天日共白云浮。
陶唐盛世虚无证,汉武高功实有俦。
载覆洲头稀妄语,街边处处赞鸿猷。

沈阳故宫

清祖鸿猷都盛京,雕甍朱阙气初成。
八旗走马收天下,九鼎含悲别大明。
万里河山空秀丽,千年帝业苦经营。
如今满语无人识,燕子翩翩徒有情。

秦皇岛金秋笔会感怀

燕山露冷夜来秋,万里求真到此游。
幸会旧朋虽皓首,喜看新辈尽明眸。
戴河波涌半轮月,碣石风高一叶舟。
莫笑秦皇求药事,依稀梦里到瀛洲。

古人春寒夜宴图

寒宵富室宴官家,氤氲雲霄霨靄霞。
燈火煇煌爐灼炭,綾綃紛縟練繚紗。
葳蕤蘭蕙芳莩蕊,蕃茂薔薇萃著花。
醪醴釅醺酣醉醒,琮琤琴瑟弄琵琶。

四　七言律诗

开封东湖抒怀

长波东去忆繁华，烟柳奇花帝子家。
驿路驼铃归塞月，锦帆漕舸带江霞。
鸣鼍声壮天波勇[1]，开铡光寒正气赊。
疑是清明[2]图上走，平湖风好软如纱。

注：①天波，即天波杨府。②清明，即《清明上河图》的简称。

游井冈山龙潭

玉壶谁把九天倾，溅雪腾珠百态生。
幽壑雾迷千嶂暗，寒潭水激老龙鸣。

追思先烈临奇窟，徙倚危栏待晚晴。
忽见仙车头上过，飘然顿觉羽毛轻。

登滕王阁

昔人胜事仰风流，幸有华章壮此楼。
雨霁西山明夕照，霞飞南浦戏沙鸥。
兰舟桂棹连湖海，高铁飞车接越瓯。
且寄遥情天地外，白云绿水去悠悠。

《豆腐脑》诗

——和幼瞻

借得西施一缕魂，脂凝秋水入盘飧。
凡身变化神仙术，丽质装成朗月痕。
寒士枵肠餐后念，淮南高会宴中论。
街头美女招徕客，满碗盛来带手温。

附：幼瞻《豆腐脑》原玉

萁枯豆泣一招魂，老荚销磨作小飧。
佐肉黄花兼卤味，滑匙嫩玉带苔痕。
淮南清宴不须咀，塘北孤贞谁复论。
贫士未堪陈鼎食，半瓢可以叙寒温。

六十喜得孙

（2008年5月24日）

蓬庐何事榻生芝？原是麟孙降世时。
始信熊罴来吉梦，更闻灵鹊唱高枝。
先人善德岂无报，天道公心焉有欺！
即电姻翁千里外，今宵相庆共衔卮。

和陈炳文月桂墓回文诗

前日旅琼，与陈汉生兄同车，谈及陈炳文月桂墓回文诗，试和之。然原诗已用了"瓜破、花飞、竹染、鸦噪、霞淡"等精彩词和意，且"瓜"字实难和。仅借李贤太子《黄台瓜诗》及《葬花吟》之意境，勉强成诗。

纱笼月色夜寒秋，瑟瑟风凄孤影愁。
瓜摘恨嗟枯蔓抱，玉消伤惜暗香留。
花埋更叹三春暮，药焙亲尝两泪流。
鸦阵乱冈林叶落，霞青隐翳冷芳丘。

附陈炳文原诗

纱窗朗月夜来秋，渺渺香怀感客愁。
瓜破正怜生命薄，药尝曾见死名留。
花飞晓梦新魂断，竹染遗痕旧泪流。
鸦噪远山空寄恨，霞烟淡抹一荒丘。

注：相传明季，电白有少女名月桂者不幸堕落风尘。秀才陈炳文据说为雷州府人氏，赴省城考试途次电白，投宿月桂处，两情相悦。未几陈秀才卧床不起，月桂亲尝汤药。秀才痊愈，山盟海誓，挥泪登程。有一占卜术士，慕月桂之美，求之不得，乃伪造秀才之书，曰高中功名，但婚事父母不许，且另聘婵娟云尔。月桂呕血昏绝，流泪终日，悒郁而亡。陈衣锦还乡，经电白而寻月桂，人去楼空，但寒烟衰草，一抔黄土。肝肺俱裂，落泪如雨。乃赋回文诗一首，勒之于碑。新中国成立之前墓碑尚存。

四　七言律诗

高州观山寺（回文诗）

（1981 年）

　　余到高州访陈涛同学，其父乃中学退休教师，学识渊博。夜晚与我长谈论及高州观山寺回文诗。翌日同学带我游览观山寺。孤山独秀，遥岑如黛，林木蓊郁，鹤舞莺啼，鉴江清澈，婉转南流，不胜喜悦。乃斗胆也作回文诗一首。

　　闲云古寺胜名留，浪漱矶台荒钓钩。
　　关闭夜钟禅院静，鹤栖晨树绿篁修。
　　斑斑[①]草色青山秀，簌簌松风野径幽。
　　娴女浣余歌袅袅，潺潺水泛一轻舟。

　　注：①斑斑，色彩鲜明貌。唐白居易《利

仁北街作》诗:"草色斑斑春雨晴,利仁坊北面西行。"

附:高州观山寺古回文诗

悠悠绿水傍林偎,日落观山四望回。
幽林古寺孤明月,冷井寒泉碧映苔。
鸥飞满浦渔舟泛,鹤伴闲亭仙客来。
游径踏花烟上走,流溪远棹一篷开。

注:当时不知此诗,直到今年有电脑查询才找到。

四　七言律诗

旅途答紫华杨兄

感君千里寄华章，字字珠玑带墨香。
羁旅黄昏临碧水，怀人微雨陟高冈。
寒潭波静鱼龙蛰，苍昊云稀鹰隼扬。
来日花村明月夜，相邀吟赏共飞觞。

赠王贵荣同学

诗山共勉探迷津，冬暖文澜会故人。
辗转磋磨希纸贵，艰难扶掖见情真。
椰浆飨我倾琼液，海错承君烩素鳞。
此去相思明月夜，梦魂千里到江滨。

广州海珠桥

八十春秋第一桥,悠悠阅尽四时潮。
沉沉铁臂横高岸,熠熠霓虹落绛霄。
岁月消磨存健骨,颜容装点复丰标。
温馨最是黄昏后,牛女双双慰寂寥。

悼学长杨义教授

一曲清歌尚绕梁,何期羽化赴仙山。
指瑕王勃纠偏误,顾首周郎辨徵商。
着意磋磨辞典序,潜心裁剪锦云章。
人生三立应无恨,仰止孤峰皓月光。

四　七言律诗

注：杨义（1946年8月30日—2023年6月15日），中共党员，广东电白人，中国社会科学院学部委员、文学研究所原所长、民族文学研究所原所长、研究员。1963年，我在电白一中读初一，杨义高二，他高我四届，也是我学习的楷模。在电白一中文艺晚会上，杨义唱《唱支山歌给党听》，声情并茂，余音绕梁，至今历历不忘。

五 古风

祭母文

（2012 年）

呜呼慈母，驾鹤仙乡。
抛下儿辈，痛折肝肠。
子之痛也，欲养亲亡。
反哺乌鸦，跪乳羔羊。
子不如畜，长侍亲旁。
母有痼疾，称肺不张。
气逆喘促，血滞心慌。
近年加剧，渐入膏肓。
华佗虽在，病魔难防。
八十有七，遭遇灾殃。
星沉月落，竟赴泉壤。
扶柩长哭，涕泪沱滂。
云迷津渡，雾锁秋江。

五 古风

音容宛在，人隔阴阳。
窀穸杳冥，烟霭迷茫。
松风鼓浪，狐啼喤喤。
鼠戏荒冢，鸦噪长冈。
鸣蛩秋夜，孤雁寒塘。
衰草转蓬，落叶飘飏。
母之逝也，五内俱伤。
母之逝也，朝夕彷徨。
卧不安席，食厌膏粱。
踟蹰掩滞，怵惕恐惶。
夜呼慈母，空梦一场。
今祭慈母，奠酒三觞。
贤哉慈母，坚忍方良。
三从唯显，四德唯彰。
菽水养亲，孝事姑嫜。
相夫教子，畜畜莳秧。
立身处世，谨慎行藏。
睦邻亲友，和致祯祥。

生儿凡八，其三早殇。
五子苟存，艰苦备尝。
育儿之苦，其苦谁详？
藜藿为食，鹑衣为裳。
卵翼五儿，日夕遑遑。
嗷嗷待哺，索饮求浆。
儿啼母泣，儿病母狂。
朔风如刀，破衾难当。
饥寒不寐，辗转愁床。
起看星斗，长夜未央。
更逢凶岁，宇内饥荒。
赤地千里，白水汤汤。
路有饿殍，野多飞蝗。
五谷不登，田多稗穰。
厨烟虽继，爨乃糟糠。
家无长物，屋徒四墙。
母病浮肿，两足汪汪。
无钱买药，安有岐黄？

五　古风

母命未绝，渐复安康。
云消雨霁，感谢彼苍。
穷且益坚，冷对炎凉。
冀儿成立，送儿学堂。
常思冷暖，远赍资粮。
幸遂母志，十载寒窗。
犹怕儿饥，更惜儿忙。
儿逾花甲，鬓发成霜。
忧儿有疾，晨昏祈禳。
教儿做人，孝悌为纲。
志存高远，笃行有常。
董道直行，端正方刚。
百折坚毅，锋砺青霜。
惜老怜贫，救死扶伤。
助弱纾困，慷慨解囊。
宁为人欺，勿做强梁。
良善奸恶，天有眼量。
慈母之训，终生不忘。

慈母有福，儿孙满堂。
五子皆立，时谓小康。
食有鱼肉，居有楼房。
楼宇巍峨，并列成行。
安逸闲适，不事农桑。
手足相依，灼灼棣棠。
群媳勤俭，持家有方。
黎明则起，远避麻将。
长孙亦立，遐迩名扬。
往来俊彦，咳唾华章。
孙媳娴淑，行止端庄。
雍容华贵，梧栖凤凰。
孙女尤佳，贵婿相傍。
命属骏马，万里驰骧。
他孙亦立，或已成双，
或在黉门，或务工商。
曾孙聪慧，诗学盛唐。
泳池击水，初露锋芒。

五　古风

楸枰试对，先手争强。
母昔屋陋，今有华堂。
飞甍凌霄，画栋雕梁。
茵铺兰苑，玉砌回廊。
玲珑精妙，金碧辉煌。
门漆丹朱，扉对修篁。
绮罗锦绣，环佩叮当。
百花争艳，众卉时芳。
蕊凝晨露，苞含晚香。
玄鸟呢喃，白鹤翱翔。
凭栏纵目，临轩梳妆。
丝竹萦耳，金乐铿锵。
品茗赏曲，其乐无疆。
莲开南海，济度慈航。
适彼乐土，极乐西方。
仙路迢递，上下徜徉。
母之大恩，日月同光。
母之大德，何其泱泱。

母之厚泽，何其洋洋。
泽惠后昆，后昆恒昌。
螽斯蛰蛰，瓜瓞绵长。
哀哉尚飨。

忠烈侯黄十九①公赞

（寒、删、先合韵）

电城胜境，县北庄山；
绿树蓊郁，芳草芃蕃。
潺潺流水，浩浩飞湍；
清流磔石，晚籁吹冠。
湘灵鼓瑟，玉宇鸣鸾；
朝暾霞帔，薄暮缭纨。

云立海飞，水落石出；
潮消潮涨，舟去舟旋。
巍峨宝殿，静谧禅庵；
晨钟暮鼓，翠柏幽兰。
祥和气象，雍睦清观；
实为净土，远去人寰。
南宋之末，数百年前；
堪嗟福地，竟起狼烟。
太后听政，奸佞弄权；
蒙军鞭指，宋主胆寒。
铁马奔驰，踏平金国；
兵锋所指，隳灭临安。
幼主归降，义士死节；
黎民垂泪，奸党乞怜。
赵氏余脉，闽南绍绪；
秀夫辅佐，宋室苟延。
洪范先行，蒙人继进；
擒获文山，杀戮于燕。

君臣仓皇，乘船西遁；
樯帆蔽日，巨浪颠连。
电海停舟，庄山驻跸；
遥望天际，回首雕栏。
致仕旧臣，先王元老；
俱来锦帐，觐见天颜。
十九黄公，徙公之后；
高州巡检，祖籍莆田。
赤子爱民，丹心报国；
风声入耳，重任在肩。
巩固海防，巡逻边境；
缉私河曲，捕盗山间。
易躲明枪，难防暗箭；
不迷美色，坚拒金钱。
卖刀买牛，劝贼改过；
救离火海，抈出深渊。
壮年致仕，任满赋闲。
卜居庄峒，结庐人境；

五　古风

扶犁南亩，采药山巅。
刍荛山坳，垂钓潭湾；
捕虾浅水，拾贝涂滩。
游情云鹤，寄意山川；
俯仰天地，呼吸自然。
山河破碎，忧心如煎。
夷齐二士，薇菜三餐；
首阳饿死，青史褒弹。
凛然正气，古今懿范；
兴亡责任，匹夫应摊。
朝觐少主，周护帝辕；
元军将至，风雨如磐。
只知义重，岂计力单；
登高一呼，从者三千。
枕戈夜半，列阵山边；
俱怀死志，奚望生还。
敌军大至，尘土弥漫；
黄公握剑，元将挥鞭。

鼓声动地，呐喊震天；
义无反顾，奋勇争先。
蝗飞交矢，耳乱鸣弦；
宝剑刃卷，征袍血溅。
英雄血尽，壮士力殚；
平冈血沃，沟壑尸填。
一介孤臣，身歼玉碎；
三千壮士，头断躯捐。
庄山溪噎，电海云罨；
悲风惨惨，冷雨潺潺。
少帝纾困，海门登船；
风催桂棹，雨湿云帆。
战士击楫，将军叩舷；
低头哽咽，举首长叹。
海角泊舟，硐洲驻銮；
暮霞灿烂，碧水漫汗。
大陆远隔，南海孤悬；
惊魂甫定，感慨涕涟。

五 古风

封侯忠义，嘉表侠肝。
永垂不朽，荣显万年；
青山埋骨，大冈长眠。
孤坟冷月，翠柏寒蝉；
西风落日，夜雨啼鹃。
骚人到此，能不心酸。
立祠庄垌，刻字楹桓；
殿宇肃穆，飞甍流丹。
丰碑耸立，伟绩铭镌；
旁列昭穆，中横拜坛。
烛燃蜂蜡，香爇龙涎；
忠义相继，孝悌承传。
家乘有序，青史遗篇；
螽斯蛰蛰，瓜瓞绵绵。
孙多俊彦，代有英贤；
公如有知，含笑九泉。

注：①黄十九（？—1278年），电白县

电城镇庄垌村人。南宋景炎三年三月抗击元兵,为国捐躯,特敕封"忠烈侯"。

化州橘红赋

岭南神药,化州橘红;
生于州署,长依石龙。
虬枝剡棘,腊月青葱;
根深柢固,风雨从容。
素华灿烂,香气醺浓;
团果滴翠,通体蒙茸。
仙人罗辨,云游化州;
乐山乐水,寻胜寻幽。
植橘龙腹,结庐山头;
润之甘露,抱瓮清流。

五　古风

煮石玄谷，啜露鳌丘；
夜观星阵，日赏云舟。
只作辽鹤，不为五鸠；
养心自慎，种德恒修。
苏世独立，虚怀无求；
孤云作伴，丹橘为俦。
留下仙橘，遂跨白牛；
仙踪渺渺，鉴水悠悠。
仙人虽去，宝物长留；
遗泽化邑，功在千秋。
范公祖禹，北宋大儒；
翰林修撰，学士龙图。
君实副手，直笔董狐；
不附权贵，甘为睽孤。
流徙千里，颠沛遥途；
移置化邑，踵武小苏。
支离体羸，咳喘气虚；
仆人进药，一服气舒。

药方无异，水质应殊。
橘下有穴，积雨未枯；
浮沉花瓣，上下游凫。
一剂再服，痰喘全祛；
知为宝物，广布寰区。
化州奇胜，首为石龙；
尾探江底，头卧井中。
首尾数里，一窍连通；
气激而鸣，其声雖雖。
喷沙洁白，如米再舂；
鸣兆祥瑞，沙呈吉梦。
景泰五年，龙鸣三日；
吉聚杨府，福依州同。
杨景生儿，名曰一清；
天之骄子，当世神童。
国家栋梁，朝廷柱石；
经世伊吕，行军李蒙。
凛凛正气，耿耿孤忠；

五 古风

名垂青史,位列三公。
不忘故土,化州橘红;
荐为贡品,惠及乡农。
天下皆知,橘红仙药;
救人无数,不世之功。
改革开放,古邑新妆;
石龙时鸣,万物和祥。
广植丹橘,绿满山冈;
宝山积翠,丹橘飘香。
产业基地,旅游观光;
财政富足,人民小康。
国家颁发,橘红之乡;
品种保护,名牌远扬。
罗仙之德,鉴水绵长;
泽被化邑,惠及四方。
幸甚至哉,洪恩不忘。

邓伟昭君馨泽苑题壁

常言饱暖思淫欲，邓君丰润偏违俗。
邺架三万溢墨香，长轴短帙藏于椟。
太湖石山碧生苔，玉池锦鲤自悠哉。
南溟烟雨入画卷，兰菊奇花次第开。
对弈闲亭日已昃，香茗醇醪酌稀客。
谈诗论道逸兴飞，微醺休管天边月。
独抚瑶琴待子期，高山流水寄相思。
挚友相逢恨夜短，踏月归去意迟迟。
人生适意当如此，何须金印衣朱紫。
闭门不听车马喧，唯许潮声时入耳。

五　古风

大海歌

长住海边数十载，夜夜听潮不识海。
海面茫茫广几何？岁月消磨颜可改？
珊瑚珠树四时花，海底龙宫可曾在？
千流同注海不溢，百派同倾见胸襟。
海气天光齐荡漾，星辰日月共浮沉。
朝看海舶离旸谷，暮听渔歌竞好音。
海涛拍石飞白雪，微风碎浪鼓瑶琴。
银鳞悠悠逐海汛，海鸟翩翩舞晴阴。
晴光照水海风静，碧玉翡翠相掩映。
隐隐青峰卧海波，巍巍楼堂浮仙境。
白鸥翻飞振健羽，海豚腾跃呼伴侣。
渔翁垂纶钓暗礁，渔妇织网傍海渚。
渔火照耀天黄昏，螺号呜咽海已暝。
逄逄机船天际归，寂寂渔村夜初定。
踏沙归去人影寂，海滩螺蜃无声息。

须臾明月升海东，淡霞轻雾何朦胧。
清风徐来海云散，冉冉冰轮流白霰。
疏星海上撒明珠，牛女相望银河畔。
涛声起伏朝复暮，潮汐低昂来又去。
人生得失有几何？且解胸襟向洪波。

悼乔仳老师

七月见恩师，犹能倾肺腑。
俯听耳不聋，凝视目无瞽。
未几得凶音，先生忽作古。
遥望彼吴天，潸然泪如雨。
龟寿有竟时，鹤筹终折羽。
但有长青松，哪见烂柯斧。
悲风海上来，乌云暗江浦。

鱼肆行

儿时入鱼肆，掩鼻恶腥气。
搴衣蹑足行，唯恐沾污秽。
今日入鱼肆，不闻腥臊味。
从容踏污泥，一任鞋袜湿。
曲木矫直难，素丝染乌易。
贤哉昔孟母，三迁有真意。

游居庸关

关塞罩寒烟，胡儿马不前。
千年姜女泪，汩汩到黄泉。
黄泉野鬼休太息，英魂耿耿拒强贼。

人间今日时世易，华夷兄弟同袍泽。
貔貅百万镇疆海，长城更在海天外。
我陟雄关当秋晚，千树万树红烂漫。
到此愧无丹青笔，辜负今生空长叹。

阳江孔雀石馆

张生赍志藏奇石，今朝慷慨示宾客。
广罗天下积颇多，大者十围小盈尺。
千姿百态斗新奇，赤橙蓝紫争艳色。
南溟水母曳妖姿，雪崖苍鹰展健翮。
高天缈缈川流云，峨眉皎皎月吐魄。
玉树琼花发春风，水晶翡翠莹光泽。
临别拳拳语从容，搜奇非为金与帛。
但使来人获真知，奚吝随珠与和璧。

五　古风

我闻此言刮目看，仰慕高风与卓识。

青岛德国总督府

壮哉提督府，阅尽人间荣与辱。
百年去匆匆，平地为陵谷。
石墙黄瓦碧琉璃，芝兰吐蕊绿葳蕤。
华灯高挂光流彩，馥郁芸窗藏珠玑。
钢琴犹新光照面，疑见当年舞烂漫。
主人宾客共倾樽，刀叉切割空纷纶。
壁炉红炭一何暖，窗外寒风雪雰雰。
繁华原是伤心处，我来似听鬼低诉。
栈桥之外炮如雷，骨肉横飞血漂杵。
我谓冤魂休悲咽，男儿死国为雄杰。

况乃人间日月新,酹酒沧波奠英烈。

闻乔佖教授有疾

鱼书久不至,日夕不安宁。
忽闻君有疾,辗转到天明。
痰火刑金肺,温热耗津精。
驱邪兼扶正,症治因准绳。
愧有岐黄术,恨无缩地经。
愿为大鹏鸟,展翼到申城。

五　古风

冼太夫人赞

（出席高州市首届冼太夫人诞辰节，1996年1月14日）

　　壮哉冼夫人，巾帼一豪杰。
　　提刀平逆虏，挥鞭靖南粤。
　　叱咤起风云，忠心昭日月。
　　汉俚赖相安，金瓯喜不缺。
　　诗礼淳风化，黎庶乐其业。
　　唯用一好心，事君以忠悫。
　　三代沐殊荣，千秋歌盛德。
　　悠悠鉴江水，日夜流余泽。

梦谒袁宏道

公安袁氏三人龙,百代文坛开风气。
诗文求古不求新,抒写性灵吐真意。
其中中郎尤拔萃,立德立言光后世。
紫带锦袍只等闲,愿随太白访名山。
昨宵梦谒桂花台,先生问我胡为来。
我道为学一何苦,踽踽徘徊临歧路。
先生指示径幽深,我踏石苔独探寻。
西泠桥头听竹枝,昌平道闻闾巷词。
去时落叶飘不止,回时春花照春水。
醒来落月霜满地,犹觉高风荡天际。

春节南方大雪

（2008年）

年近乡思积日夜，道阻惊闻情更迫。
龙钟老父倚蓬门，漫天风雪待归人。
郊原积雪两三尺，游子有家归不得。
汽车抛锚数百里，火车不行电缆折。
愁困山前风萧索，饥肠百转禅衣薄。
温总忧民白发新，辗转离京踏夜雪。
嘘寒问暖父子情，温情一片解坚冰。
指挥若定驱冰雪，千军万马战不辍。
车轮滚滚重鸣笛，万家灯火庆除夕。
游子归来天伦叙，温总仍在雪飞处。

致乔佖教授

腹中一万卷，咳唾珠玉声。
淡泊甘藜藿，宁静远功名。
千林拥独秀，百川纳不盈。
龙门跃金鲤，千载思李膺。

感赋

雷霆万钧惩腐恶，江流滚滚涤污浊。
合浦还珠碧海宁，玉宇澄明浮云薄。
复兴大潮动地来，鲲鹏展翅起羊角。
林泉市井乐何如？把酒临风歌一曲。

《论持久战》感赋

倭寇凶残似贪狼，吞我台澎又沈阳。
继而饮马长城窟，卢沟硝烟黯晓月。
五岳震动天地惊，九州板荡金瓯缺。
宁沪腥风血漂杵，采石尸横秦淮阻。
国仇家恨无处申，妻离子散凭谁语？
热血男儿望速胜，误国奸人曰必亡。
草民焉知中枢事，志士仰天问苍茫。
速胜必亡争未解，伟人高论发聋聩。
"不能速胜亦不亡"，灯塔耿耿引夜航。
不能速胜何所据？百年积弱又积贫。
闭关锁国惊梦破，坚船利炮逼要津。
倭奴先行革旧政，明治维新顺天命。
国富兵强羽翼丰，欲取未央做行宫。
中国不亡又为何？地大物博耐消磨。
运筹帷幄有孙子，冲冠燕赵多荆轲。

倭奴必败因地偏，物乏人稀继无力。
强弩之末缟难穿，凶焰狂风终有极。
得道多助失道寡，圣贤之言焉有假？
杀戮罄竹罪难书，兽行天下共讨诛。
中华儿女已唤醒，万众一心护九鼎。
血肉长城坚不催，人民战争孰能胜？
党之领导为宗旨，统一战线不能弃。
彼竭我盈三鼓时，奋勇争先逐倭儿。
百年回首忆风雨，伟人一檠导夜舟。
若非先贤大智勇，吾曹安得享自由！

六 排律

悼严少华主任

投笔义从戎，先生古士风。
寒冰过鸭绿，浩气贯苍穹。
解甲营田老，业儒传道隆。
艰难筹措策，筚路创垂功。
卧病忘形瘦，获麟知数穷。
临岐声哽咽，执手眼蒙眬。
魂魄惊残梦，云天听断鸿。
斯人悲永逝，泪雨滴秋桐。

六　排律

致乔佖[①]教授

（排律）

先生为学者，音大而希声。
博识师钱老，高风继两程。
清华追宿梦，吴越露峥嵘。
淡泊甘藜藿，谦恭轻噪名。
千山尊泰岱，百水汇沧瀛。
唯有诗书伴，更无儿女情。
扶掖龙门鲤，云间任我鸣。

注：①乔佖，钱钟书学生，上海师大英美文学（诗歌）教授，终生素食、单身。

陈公系狱感赋

（庚、青、蒸合韵）

宦海遨游者，龙门任跃腾。
初心思干济，矢志务中兴。
廉洁勤施政，宽仁常服膺。
嘉声靡草野，雅望树碑铭。
失足成长恨，害群招恶评。
苞苴藏肉臭，冠带惹铜腥。
正气时销铄，寸心唯曲承。
沉沦随污淖，凋谢逐飘萍。
巨蠹生南国，陈公负罪名。
朝为寒舍子，暮作紫衣卿。
卓荦芳林秀，清吭雏凤鸣。
立身如水静，处事似风行。
跋扈因权重，骄奢与日增。

六　排律

民膏肥饕餮，金屋贮娉婷。
酒暖莺声细，灯红燕语萦。
仙姬来北国，月貌傲羊城。
美目传秋水，娇声播远京。
肌肤珠玉润，气息芷兰馨。
比翼游仙窟，双栖倚画屏。
缠绵春夜短，缥缈峡云横。
细雨施云梦，轻雷入洞庭。
姬虽慕富贵，公却别多情。
佳丽生南国，罗敷名小英。
楚腰柳纤细，修臂雪晶莹。
玉树迎风俏，芙蓉出水清。
梨园毓隽秀，艺苑露峥嵘。
面似桃花艳，眉如柳叶青。
回眸惭越女，巧笑妒湘灵。
曼舞人皆醉，清歌鬼亦惊。
女虽有夫婿，公欲断红绳。
亲赠双连璧，高翔并翅翎。

画屏吹玉笛，锦幛弄春声。
金兽沉香短，绣帘丝竹凝。
鸿毛等国法，心绪是阴晴。
结党精权术，纤尊依大亨。
荣枯并根蒂，进退共同盟。
奖惩分厚薄，黜陟忌贤能。
心为金钱役，德因声色瞑。
贪心吞大海，骄气干青冥。
宝马乘风去，狐朋带笑迎。
层阶环朗月，五岭揖南衡。
志满常飘举，位高尤伐矜。
颔颐能领会，投足省叮咛。
金玉轻虚掷，石崇惭与争。
坐花开宴席，束袖转庖丁。
春暖不需炭，烛明无用灯。
珍馐传万里，佳酿储千塪。
佳酿金壶载，珍馐玉碗盛。
芝兰香满室，笑语动盈厅。

六　排律

轻举象牙箸，慢斟犀角觥。
文人呈翰墨，玉女弄箫笙。
自唱莲花落，亲鸣金粟筝。
高山云缥缈，幽谷水当叮。
酒醉犹传令，光微屡摘缨。
曲终音袅绕，筵散眼忪惺。
明月天边落，朝霞海上升。
已无勤恳恳，哪有战兢兢？
自恃根基固，何愁蝼蚁憎。
月圆终有缺，水满自然倾。
罪恶时深重，孽愆其满盈。
天罗宽万里，地狱镇千层。
始怨命多舛，方知福不恒。
风流系缧绁，富贵锁牢营。
寄语青云客，修身旧箧经。
兴廉应养德，得意勿忘形。
头上悬锋剑，眼前临薄冰。
浮沉鉴不远，载覆论颇精。

开铡凭包拯，屠龙假魏徵。
和珅千载臭，刘瑾万刀刑。
黄壤无银号，苍天有眼睛。
奖惩无失漏，善恶报分明。
隘路休驰驾，寒江莫涉凌。
多财神越懵，奢欲志难宁。
忧思心将瘁，惊疑梦易醒。
情迷色是祸，国破敌挥兵。
褒姒亡烽火，杨妃死白绫。
幽王家国破，唐主泪涟零。
骄纵招奇耻，荒淫无久荣。
圄囹面固壁，牢狱阻归程。
长夜听更漏，铁窗待晓星。
春风燃杏树，秋雨动檐铃。
愁逐三江水，心翻五味瓶。
思前肠已断，想后恨难平。
自揣应轻罚，民呼却重惩。
孤眠愁反侧，欹枕叹伶仃。

六　排律

昔日云中凤，此时笼里鹰。
凤鸣朝百鸟，鹰困辱群鸧。
穷达同炉灶，显微无渭泾。
敲窗惊落叶，穿栅羡流萤。
夜永寒蛩唧，梦残归雁征。
相逢如目瞽，欲语已喉痉。
花落愁三月，鸡鸣坐五更。
断肠听杜宇，心碎怨鸲鹆。
白雪濡双鬓，银须添几茎。
凄怆名已裂，辗转梦难成。
世味如纱薄，人情似水泠。
添花多雅客，送炭少亲朋。
妻子恩虽在，情人爱已停。
新交日冷漠，旧仆渐狰狞。
泪落肝肠断，心酸悔恨生。
早知牢狱系，长乐垄头耕。
但愿儿孙孝，不求僮仆诚。
纶垂临渌水，瓜种在东陵。

但使书盈箧，何须金满籝？
教儿行正道，立志在冲龄。
嫁女依蓬室，娶妻求布荆。
康宁磐石重，富贵浮云轻。
荣辱为殷鉴，兴亡是典型。
愿君长记取，莫作等闲听。

（109 韵）

退休村居乐

（庚、蒸、青合韵）

六十诚虚度，从今息舌耕。
容颜随月减，霜发与年增。

六　排律

好恶心先软，是非目尚明。
人多争富贵，我自远簪缨。
盛世无烦事，骚人乐晚晴。
抚膺遗憾少，回首浪潮平。
桃李三千树，杏坛四五更。
弦歌和细雨，古卷伴孤灯。
授业无倦意，学诗有微名。
退休还梓里，安逸别油城。
心逐飞鸿远，梦随啼鸽醒。
闲云时出岫，果木自滋荣。
春暖乌衣舞，秋凉促织声。
自甘藜藿味，奚羡蚁膻腥。
已足刍鱼美，何须弹铗鸣。
齿衰犹可龁，车旧尚能行。
箱里衣无补，樽中酒任倾。
有朋常论道，无党苦相争。
日出看飞鸟，天阴养杜衡。
风来数落叶，月暗仰寒星。

晓梦听疏雨，深更悦梵铃。
放歌登泰岱，骋目傍鸿溟。
彭泽寻陶令，富春怀子陵。
吟诗思屈子，煮药慕期生①。
涤足磻溪冷，濯缨汨水泠。
沾衣晨露湿，映面暮霞轻。
细雨蕖荷秀，微风栀子馨。
蝉鸣红荔熟，蛙噪稻薦②成。
明烛温诸子，孤檠习五经。
登高苍昊阔，垂钓碧江澄。
长啸狂飙起，高眠红日升。
长林云气动，远岱烟光凝。
午息葡萄架，朝凭望海亭。
青山明夕照，幽径翠萝藤。
屐齿苔痕绿，杖藜岚气萦。
烹茶承堕露，举白对繁英。
春赏丛花艳，秋看群雁征。
遐思常邈远，诗兴任驰骋。

六　排律

扫尽纷飞垩，来开常闭扃。
回乡随旧俗，祭祖奉神灵。
追远由衷意，承恩必以诚。
肥腯呈俎豆，丰备荐粢盛。
爆竹旧年送，红联新岁迎。
祥云萦屋宇，瑞气入门庭。
子孝千般顺，家和万事兴。
牵牛孺子趣，举案孟光情。
绕膝怜孙子，相濡惜拙荆。
焦琴鸣古调，雅乐奏瑶笙。
曲弄猗兰操，弦挑金粟筝。
晴窗读史志，腐草忆流萤。
黄菊秋风野，白梅月影横。
风骚岂可废，粤剧亦时听。
只重衔环故，休言翻白睛。
乡人多敬老，游子敢忘形？
亲戚云加饭，邻翁劝薄醒。
怜人行悖悖，作孽误卿卿。

难道恢天网，必惩多法盲。
嗟哉心不足，胜似海难盈。
既得颜如玉，更思金满籯。
轻锹成水井，空想便通亨。
或为蝇头利，终成狡兔烹。
丧心多背忤，作恶总顽冥。
或有青云客，空簪高翅翎。
牧民如笑虎，逐臭甚飞蝇。
自诩如冰洁，常夸似水清。
半生遗悔恨，一念弃前程。
始悔废纲纪，长悲困囹圄。
贩夫忧折本，股客虑输赢。
田家愁谷贱，商贾恐人精。
人世多烦虑，吾心独静宁。
朋呼尝美馔，客约敲楸枰。
沽酒钱无贯，敲门心不惊。
嗟乎熙攘客，何事苦钻营！

注：①安期生。②蘤，《现代汉语词典》释为"花"字，《电白黎语辞典》释为花苞，音"归"，电白黎话尚有"禾含蘤"之说。

林砺儒[①]赞

（鱼、虞合韵）

山辉石蕴玉，川媚水含珠。
北界山川秀，信宜玉石殊。
煌煌辉宝贝，熠熠耀琼琚。
宝贝林家子，初名曰砺儒。
书香多代继，墨韵几相濡。
四岁丧严父，童年赖祖母。
家慈罹痼疾，衣食靠亲疏。

苦痛伊谁诉，艰辛孰翼扶？
亲情连血脉，叔伯恤遗孤。
六岁开蒙学，礼仪律起居。
逾年通孔孟，稍长诵诗书。
雕琢成大器，研磨为瑾瑜。
辞家赴高郡，求学践前途。
西学方东渐，新知正所需。
老师多明达，学子任驰驱。
文笔山修竹，观山寺碧梧。
宝光长耸立，鉴水自萦纡。
落日飞孤鹜，寒塘落野凫。
激扬文字季，挥斥正遒初。
应笑穷途哭，休怜莼菜鲈。
六年完学业，中义[2]授生徒。
愿做鲲鹏举，不为鸵鸟趑。
高天翔健翮，沧海逐鲸鱼。
不做驾辕马，志存千里驹。
心焉甘枥下，意在骤通衢。

六　排律

中义环山水，逸人堪结庐。
信宜诚逼仄，大志恐难舒。
幸过留洋试，艰难买舳舻。
辞家之异国，渡海到东隅。
异国如唐汉，女人衣短襦。
语言仍可考，文字多能虞。
累识通中外，新知富五车。
安能戈指日，岂敢歇须臾。
果腹甘藜藿，驱寒赖火炉。
樱花开灿烂，学子起踌躇。
逸游虽惬意，买书犹拮据。
思乡观海月，忆友看茱萸。
归国还恩宠，回乡竭钝驽。
北师③当教授，附校育鹰雏。
教育全人格，言行尽楷模。
扫盲开夜校，施教及贫愚。
五卅摧心肺，寸心忍嗫嚅。
发声援正义，解职失菰蒲。

南粤寻从教，初心终不渝。
烽烟弥天地，倭寇逼南都。
言论生龙翼，行为捋虎须。
应聘趋桂省，西行挈妻孥。
桂林重解职，鼓浪再呼吁。
政协新成立，中华展鸿谟。
建言兴教育，善策入中枢。
职重尤勤谨，位高仍宴如。
枯灯还著述，残烛尚操觚。
抱病犹挥笔，溘然随告殂。
讣闻惊学子，噩耗悲乡闾。
洁质无瑕璺，冰心去杂芜。
平生唯俭朴，餐饮但瓢盂。
济弱悭囊解，扶危久困纾。
师生人鬼别，寡母苦辛茹。
夜永悲戚戚，儿饥泣呱呱。
水来枯鲋活，雨泽旱苗苏。
世侄成梁栋，遗孤展鸿图。

六 排律

垂扶诸弱子,胜造一浮屠。
林老轻财货,世人重青蚨。
先生之懿德,青史永垂裕。

注:①林砺儒(1889年7月18日—1977年1月20日),原名林绳直,广东信宜市北界镇上村人,中国著名的教育家。解放后,历任北师大校长、教育部中等教育司司长及副部长。②信宜县中义学堂(1911年)。③北京高等师范大学(现北京师范大学)。

丁颖[①]赞

（庚、青、蒸合韵）

鉴水春波绿，悠悠过茂名。
硕塘人杰出，茂邑庆云生。
阆苑香芝草，长天现福星。
谢家添宝树，丁氏溢芳馨。
瑞气来农户，祥光绕草庭。
婴儿含贵气，颖字号俊铭。
世代农家子，先人多白丁。
文星寒舍出，厚望一肩承。
私塾开蒙学，芸窗读五经。
悬梁而刺股，划粥也囊萤。
四季鹑衣补，三餐粥水清。
扬帆游学海，伏案伴孤檠。
晓梦惊鸡唱，寒宵起五更。

六　排律

但遂平生志，何愁赋鹿鸣。
诚意开金石，大功初告成。
好心天不负，升学到高城。
高城原泮水，洋学渐新兴。
泮池容浅水，大志在沧溟。
海阔纵鱼跃，天空任鸟征。
出门辞父母，负笈赴东瀛。
救国寻大道，振华觅友声。
如饥求实学，似渴吸华精。
着意图书馆，无心富士樱。
秋风明月夜，春雨故乡情。
蓬岛愁春暮，桑榆叹日倾。
两轮还故里，三度赴东京。
矢志专农学，一心研秋粳。
十年归故国，卅六露峥嵘。
南粤为师表，广州始舌耕。
农科为巨擘，稻作乃先行。
实验无余暇，劬劳有结晶。

施肥因水土，除草据阴晴。
好钢千锤炼，良医三折肱。
成功虽可喜，失败又何憎！
磨砺朝尝胆，坚心冬握冰。
心欢稻始秀，情系种初萌。
雨少愁春旱，秋潦惧水泓。
穗垂忧飓虐，苗幼怕霜凝。
雨久眉难展，疯狂怎忍听。
汗珠湿垄土，足迹遍畦町。
野稻生塘角，丰苞擎节茎。
杂交生善种，迭代愈华菁。
良种宜推广，科研应续赓。
资金难为继，谷种苦经营。
缩食资经费，乞援唯卖青[②]。
种场禾秀穗，农户喜双赢。
华夏传烽火，倭奴破国扃。
尸横江水滞，血沃晓风腥。
家破无烟火，覆巢绝妇婴。

六 排律

魂啼天下暗，鬼哭夜中惊。
灭种愁天地，屠城悲沪宁。
奸淫如野兽，杀戮已忘形。
劫掠无余粒，焚烧毁瓦瓴。
铁蹄驱百越，炮舰弋伶仃③。
志士犹争斗，汉奸早投诚。
师生迁远道，学校作漂萍。
只有凭双足，安能骑巨鲸。
流离辞粤省，颠沛到昆明。
南诏多烟瘴，滇池挚蚊蝇。
米珠伤住户，薪桂困流氓。
饥饿虽难忍，科研安可停。
乌云忧四合，局势苦支撑。
旗鼓还都捷，扁舟出峡轻。
广州重振作，珠水复清澄。
天堑终春梦，大军下金陵。
不甘随浊水，岂肯徙崖琼。
忘己安危况，救人出圄囹。

劳心为报国，求索非簪缨。
稻作为头雁，科研乃劲兵。
年衰方入党，甲子誓镰旌。
掌职农科院，役心禾稻型。
仔肩过七十，负重忘华龄。
西北黄沙漫，华南热气蒸。
残牛犹喘月，老骥尚摇铃。
风急吹残烛，油枯灭豆灯。
魂兮归故里，心尚虑禾螟。
国库稻粱实，农家瓮缶盈。
古人歌后稷，今我赞丁颖。
桃李三千树，龙门一李膺。
蓝青前更胜，波浪后尤浤。
稻菽千重浪，农民喜不胜。
忧民忧国者，含笑在苍冥。

注：①丁颖（1888年11月25日－1964年10月14日），男，字君颖，号竹铭，广

六　排律

东高州人,中国科学院院士,农业科学家、教育家,中国现代稻作科学主要奠基人,农业高等教育先驱。曾任中国农业科学院研究员、院长。②卖青:以前,农户因困难,常把未成熟的农作物低价出售,由买家收获。③伶仃:伶仃洋,位于广东省珠江口外,为一喇叭形河口湾。

王占鳌[①]赞

（江、阳合韵）

先哲生三晋,占鳌讳姓王。
少年投革命,弱冠事戎行。
锋镝趋河曲,硝烟出汉襄。
抗倭云雾散,驱蒋鼓声逢。

百战身未死，功成名已扬。
请缨来电白，慷慨别家乡。
赤子怜民瘼，单车出邸廊。
访贫纾困厄，问苦呵寒凉。
见人咽野菜，伤心断热肠。
民生多侘傺，夜久起彷徨。
旱魃青苗绝，洪涝鸡犬亡。
狂风摧草厝，沙暴掩村庄。
乞食离乡井，求生走四方。
黄昏炊灶冷，永夜哭声长。
脱困求良策，解难须考量。
忧思愁辗转，悒郁满胸膛。
先主成三顾，汉王用子房。
三番寻智者，四处觅贤良。
诚意惊天地，高人献锦囊。
沙滩围绿幛，海岸建城防。
城堞非砖石，绿幛乃林墙。
树高风难越，林密沙不扬。

六 排律

绿叶朝垂露，根须日保墒。
依言施善策，群力治沙荒。
男子肩深筥，女人挑懿筐。
远村寻沃土，几处竭泥塘。
土埂根须固，坑深水气藏。
苗源澳岛国，名曰木麻黄。
状若松针绿，色如初柳缃。
不嫌盐碱地，可固散沙冈。
呵护驱鸡犬，辛勤滴水浆。
露滋根底固，本厚叶舒张。
直立争光照，相依抗风狂。
昔时白漠漠，今日绿苍苍。
百里连云际，长城绿海疆。
村村来紫气，户户庆恒昌。
女子宜家室，碧梧栖凤凰。
儿童皆识字，女子少文盲。
岭表关山月[②]，丹青继盛唐。
巨笔成林带，长城展会堂。

万人时鉴赏，百代永流芳。
旱魃之为虐，史书登载详。
卅钱沽合米③，千里绝牛羊。
贫户无烟火，富人欠口粮。
皇家无赈济，官府不开仓。
明季人相食，清初易子餐。
充饥唯树叶，果腹贵糟糠。
赤地无生物，饿殍弃路旁。
狐啼新冢夜，鸦噪乱坟冈。
井涸停泉眼，河枯见涩床。
清晨无湿露，长日有骄阳。
饥食观音土，渴吞黄土汤。
嗷嗷怜幼子，颤颤廑爹娘。
挈妇心酸楚，将雏足跄踉。
流离东海岛，颠沛漠阳江。
苟得延残喘，谁甘死北邙？
夏时波滚滚，低处水潢潢。
浊浪夷村落，湍流卷梓桑。

六　排律

人财随流水，稻菽付沧浪。
哪见方舟影，唯余水渺茫。
浓云明月暗，惨雾日无光。
长哭惊山岳，悲啼动上苍。
洪灾方退去，厉疫又登场。
腐鼠传厉疫，病禽播祸殃。
难明嗟长夜，欲哭泪盈眶。
兄弟悲零落，妻儿痛命丧。
鸡鸣生海日，雨过见新旸。
善政谋民祉，懿行遵党纲。
听悲皆戚戚，闻苦总遑遑。
矢志除民瘼，诚心播《大匡》。
罗坑修大坝，热水截河梁。
书记胼胝厚，斯民意气昂。
罗坑涉冷水，鹅嶂顶严霜。
水冷针尖刺，霜寒剑刃创。
清基浸冻水，举铲脱衣裳。
长堤连绿嶂，高坝锁汪洋。

月出卞和璧，阳和渭水璜。
云开天渺渺，雨后水滂滂。
秋水琉璃镜，春山碧玉璋。
波摇山影动，星落玉琳琅。
凫氽鄰光皱，鱼游白鹤翔。
开渠连海浦，引水灌禾秧。
陵谷沧桑变，农村万事臧。
时时听笑语，岁岁庆丰穰。
卫生除四害，灭鼠杀蟑螂。
城镇无蝇蚊，斯民享健康。
丰功扬党报，伟绩动中央。
昔日民穷困，于今薪火炀。
造林为样板，抗旱绩非常。
四害无踪迹，城乡庆吉祥。
国家评先进，五好理应当。
电白贤书记，王君功德彰。
爱民尤勤政，朴质而坚刚。
足迹穷乡野，懿行循党章。

六　排律

三同知冷暖，十载苦备尝。
北斗明方向，孤灯照远航。
绿城方抖擞，电白正腾骧。
公忽离官去，邑人何窘惶。
昔人官电白，政举而人亡。
今日公泽厚，邑人岂敢忘！
西湖立塑像，名姓铸馨香。
林带犹翁郁，罗坑何潆洸。
人心多向背，众口咏甘棠。

注：①王占鳌（1904—1986）是一位从山西到广东工作的南下干部。他自1952年至1964年在电白主政13年，被誉为"焦裕禄式的县委书记"。②关山月于1973年来电白写生，绘成国画《绿色长城》，现展于人民大会堂广东厅。③电白清代民歌"三十铜钱籴合米，欲饮留糜等亲情"句。荒年米价是平时的十二倍。

悼欧珮媛老师

（枝、微合韵）

珮媛欧氏者，小学我之师。
望族衍千载，名门派一支。
电城荣奕代，卫所见兴衰。
父母通文墨，弟兄知礼仪。
小家藏碧玉，兰室弄琴棋。
新学培才智，春风茂绿枝。
眸明如朗月，肤素若凝脂。
黄菊傍篱落，荷蕖出碧漪。
谢家称宝树，蔡氏谓芳菲。
陌上罗敷貌，阁中秦氏姿。
张君先捷足，处士得琼姬。
比翼翔云汉，依偎戏绿池。
当垆欣韵事，举案尚齐眉。

六　排律

击节闲清唱，挑灯乐对诗。
园丁同献艺，桃李喜成畦。
春雨滋万物，爱情生瑞芝。
祥光来弄瓦，吉梦得熊罴。
命好双儿女，福臻皆碧琪。
娇儿希展翼，小女望高驰。
提抱诚然少，关心实未稀。
忘家专事业，教子守清规。
对月乘秋夜，观花赏春荑。
柔情清水饱，深爱素心知。
执手相偕老，誓言长唱随。
谷陵虽可易，矢志自难移。
倏忽风云变，须臾花树悲。
夫君罹苦难，晓镜少光辉。
白日佯欢笑，深宵暗泪垂。
五更常觉冷，半夜更嘘唏。
独对西窗月，遥怜短褐衣。
殷勤求旅雁，悒郁寄相思。

儿女虽更事，学生多调皮。
呕心和泪语，沥血断肠词。
慧眼怜余幼，弱苗偏护持。
诲人从不倦，多语总声嘶。
桃李春风发，新苗雨露滋。
语文知味道，算术觉迷痴。
六一儿童节，智能联赛期。
尊师护犊意，分数较铢缁。
初试余锋露，欣囊大奖归。
恩师知俊秀，伯乐识良骐。
四处推名马，逢人说项斯。
人疑为母子，自视乃骄儿。
劳动搬砖重，躬身叹力微。
减余肩上担，怜我足底胝。
带队挑灰土，来回廿里奇。
惜余常饿馁，怜我总虚羸。
凭票沽香粽，掰余充困饥。
余知师苦况，焉肯接受之。

六　排律

急急余奔去，忙忙师后追。
回思如在眼，每忆泪淋漓。
今笑为师道，唯知解惑疑。
甫完升学试，苦待揭名时。
忐忑梦常醒，彷徨心已疲。
考生虽急急，放榜却迟迟。
款款来师影，轻轻叩柴扉。
笑言欣上榜，名在一中围。
诫我休骄躁，见人勿自卑。
前途于足下，命运在春闱。
学海扬帆去，良言幸勿违。
致书谭教长，尽是托情辞。
毕业逢棼乱，恩师遭困危。
游街戴高帽，剃发去青丝。
喊打称牛鬼，欲诛名魅魑。
惭余无勇略，救彼出藩篱。
相视噙清泪，同悲折肺脾。
浮云终散去，白日始和熙。

命蹇无清福，缘悭难养颐。
恩师仙逝矣，魂也返来兮。
梦里如容在，念中若母慈。
叮咛犹切切，教诲更孜孜。
梦醒残星落，流萤兀自飞。

崔良樌[①]赞

（庚、青、蒸合韵）

霞洞崔良樌，南天一柱擎。
应嗟生乱世，堪叹在崇祯。
秋肃风飘叶，江寒雨打萍。
辛勤求学问。倜傥富才情。
弱冠精孙子，童年通五经。

六　排律

杏坛沐雨露，泮水会群英。
衣食皇家给，洪恩心底铭。
胸怀天下计，心系众苍生。
堪作三台辅，能麾十万兵。
壮怀驰朔漠，大志请长缨。
为国宁边患，立功报阙廷。
应怜逢蹇运，无奈失公卿。
立德唯仁义，修身以致诚。
持家凭俭朴，报国尽忠精。
先哲为明鉴，时贤是典型。
文山思复国，武穆梦中兴。
亡命匆南指，冲冠枉北征。
嘉定尸山积，扬州血海腥。
完淳心凛凛，可法骨铮铮。
赴死酬家国，捐躯报大明。
头颅轻斧钺，正气贯苍冥。
鞑虏攻西粤，铁蹄蹂电城。
杀人如草芥，劫货似饥鹰。

城上悬人首，村中隐哭声。
留头须剃发，守志必加刑。
鸦噪荒林晚，鹃啼秋雨暝。
遗民悲气郁，义士起相争。
良槚揭竿竹，群雄拥义旍。
指挥司马法，筹策虎钤经。
叱咤风云变，喑呜山岳倾。
三军齐踊跃，万马奋驰骋。
剑气冲南斗，刀光耀玉衡。
旌旗翳日影，鼍鼓动雷霆。
操练师孙子，排兵据阵形。
旌旗麾进退，金鼓制行停。
列寨山冈固，攻坚神鬼惊。
秋毫岂敢犯，过错必严惩。
得道多人助，荷箪夹道迎。
挥师神电卫，困敌畔南溟。
飞矢如蝗急，鸟铳似雷鸣。
池阔难飞越，墙高不可登。

沸汤皮肉裂，利镞衣甲轻。
垛堞刀兵接，云梯碧血腥。
潢中鲜血染，城下积尸横。
墙厚诚难破，濠深岂易平？
三挝知力竭，一鼓气才盈。
恐为援军击，退兵据海陵。
驻扎红花堡，招徕亲外甥。
定谋诛叛逆，设计杀梁能。
只许同生死，奚容背誓盟。
军威重整肃，号令必施行。
撤退浮山岭，来归良楯营。
红花遭厄运，义士傲煎烹。
官府重清剿，妇孺皆战兢。
斩头如剖果，杀人若杀牲。
扶犁无壮者，种稻绝男丁。
首级填深井，残骸殓浅茔。
乌云遮夜月，新鬼哭离亭。
良楯悲难语，军兵恨满膺。

同心仇可报，众志冀能成。
粮秣堆山后，坚营立崚嶒。
哨台高处立，斥候四方侦。
官府长围困，计谋安得逞。
山泉堪解渴，盐米足支撑。
山坳能栽粟，锄犁常去铿。
四年唯谨慎，日夜不安宁。
不幸中埋伏，无奈赴天庭。
四年撑伟业，一旦化融冰。
恢复成空梦，高翔折大鹏。
有心光日月，无力醒迷懵。
三桂思倾国，承畴爱翠翎。
蚩氓争剃发，士子逐功名。
冷对浊流涌，任教风雨并。
初心终不改，笃志岂能更。
勇武焉能侮，刚强不可凌。
鬼雄因战死，魂魄而神灵。
万载垂青史，千秋享誉荣。

六　排律

我来瞻故垒，涕泪顿飘零。

注：①崔良榥（？—1651年），广东省茂名市电白区霞洞镇人，明末著名抗清义军将领。

七 词

浣溪沙·雷师英语 77 级同学阳江聚会

相聚江城逾古稀，当年都是弄潮儿。同窗契阔更相思。

莫道春光随水逝，高擎大白祝期颐。桃花满面尽忘机。

西江月·乘缆车登华山

（2006 年）

足下仙槎快捷，眼前古木横斜。凌虚直上拂云霞，俯首长安日下。

丝路秦关汉月，文明盛世中华。今朝更喜笔生花，点缀江山入画。

西江月·送安德鲁先生返美

两载同沾雨露，几枝争吐华英。方期折桂步蟾庭，叵耐云梯不定。

执手迟迟哽噎，牵衣切切叮咛。强笑不为伤别情。忍看片帆孤影。

菩萨蛮·郁孤台怀古

登台重咏稼轩句,遥岑障目江声苦。梦里扫胡尘,中原靖浸氛。

天高奚可问,谁解先生恨?嗟我太平时,孤村闻唱鸡。

浪淘沙·晓日

(1986年)

晓日临轩窗,书声琅琅,柔风细草柳丝长。白首泛舟游学海,百感衷肠。

锦绣胸中藏,击楫遥望,"群科济世"

更难忘。愿将热血化甘雨,桃李飘香。

浣溪沙·与王贵荣同学登上杭临江楼

同上江楼忆伟人,当年秋色倍清新。碧波漾处起青蘋。

安得与君榕树下,敲枰惊起水中鳞。欲垂锦线钓寒云。

点绛唇·戊子贺春

——和李润副院长

（2008年春节）

抚剑寒斋，闻鸡独起翩翩舞。喜听时雨，点点春声度。

鹤唳长天，堪笑他狐鼠。人何许，濯缨濯足？但愿红颜驻。

附李润副院长原玉 《点绛唇·戊子贺春》

岁暮云低，霜风寒冽雪飞舞。梅傲冷雨，

春声已暗度。

金猪渐远，回首逗灵鼠。天相许，人寿年足，鸿运伴君驻。

注：李润，广东石油化工学院副院长。

画堂春·己丑年贺春

——和李润副院长

（2009年春节）

岭南无处不鲜花，春声吟赏烟霞。微风细雨柳条斜，美景更堪嘉。

笑语电传万里，屠苏酒暖千家。金牛相伴好年华，鸿运乐无涯。

附李润副院长原玉
《画堂春·己丑年贺春》

  北国舞雪南飞花，岭上处处烟霞。几番风雨霓虹斜，山水更清嘉。
  金牛耕播春色，粉墙翠竹人家。君入画中运旺达，福寿无际涯。

临江仙·辛丑年贺春

——和李润副院长

  鞭炮声声连午夜，春风袅袅江南。去年燕子已回还。荔花先后发，桃蕊欲争妍。

把盏高楼斜照里，负暄蝇弄微寒。悠悠长笛白云间。溪田堪寄趣，何必慕梁园。

附李润副院长原玉
《临江仙·辛丑年贺春》

一夜东风生海上，今朝花艳岭南。大雁衔春向北还。雪消风自柔，梅让柳芽妍。

玉宇一空霾雾扫，春阳祛尽冬寒，喜看遍地春牛走，犁除旧岁土，耕种新田园。